Klarant Verlag

Marc Freund wuchs in Osterholz auf, direkt an der Ostseesteilküste gelegen, die schon von Kindesbeinen an eine große Faszination auf ihn ausübte. Und so spielen viele seiner Geschichten am Meer, dem er sich sehr verbunden fühlt.
Regelmäßig zieht es den Krimiautor auch auf die andere Seite der Küste – an die Nordsee. Derzeit vor allem auf die bezaubernden Inseln Langeoog und Spiekeroog, wo seine Ostfrieslandkrimis spielen.
Seit 2010 ist Marc Freund für verschiedene Verlage tätig. Daneben wurde er auch als Hörspielautor bekannt. Weit über 300 Veröffentlichungen für die unterschiedlichsten Reihen und Serien gehen bisher auf sein Konto.

Marc Freund

Spiekerooger Pavillon

Ein Fall für Eden und Mattern 5

Ostfrieslandkrimi

Klarant Verlag

Klarant Verlag, www.klarant.de – www.ostfrieslandkrimi.de
ISBN: 978-3-68975-004-6
1. Auflage 2024
Umschlagabbildung: Klarant Verlag

Printed in the EU.

Kapitel 1

Niemand konnte vorhersehen, dass ziemlich genau am Ende dieses Tages jemand von ihnen sterben würde.

Keiner der Anwesenden verschwendete auch nur den entferntesten Gedanken daran. Weil es bis zu einem gewissen Punkt keine Vorzeichen einer Tragödie gegeben hatte. Dieser Tag war für andere Dinge bestimmt: für Freude, Lachen, Harmonie und Liebe. Und dennoch lauerte etwas in ihrer Mitte, das mit alldem nichts gemein hatte. Der Tod war nach Spiekeroog gekommen, und er hatte bereits ein Opfer auserkoren …

Von diesen Dingen ahnte Steffen Theis nichts. Er nestelte an seinem Krawattenknoten herum, drückte und zog ihn mal in die eine und in der nächsten Sekunde in die andere Richtung.

Sein knitterfreies Hemd strahlte in einem angenehmen Weiß, wie man es sonst nur aus der Fernsehreklame der Waschmittelhersteller kannte.

Theis streckte sein Kreuz durch und atmete tief ein. Die hellblaue Anzughose strammte etwas in der Hüftgegend, hielt diesem Belastungstest jedoch mit Bravour stand.

Der Knoten der dunkelgrauen Krawatte hatte sich endlich gefügt. Die silberne Nadel, die sie sanft an das Hemd drückte, glitzerte für einen Moment im einfallenden Sonnenlicht.

Der angehende Bräutigam warf einen kurzen Blick auf den Stuhl, über dem sein Sakko hing. Auf der Kommode daneben ein kleines Glas, in dem die weiße Nelke fürs Revers steckte.

Alles war vorbereitet. Die Weichen waren gestellt. Und er fühlte sich gut dabei. Das erste Mal in seinem Leben war er überzeugt davon, genau das Richtige zu tun.

Ein Geräusch an der Tür des Hotelzimmers ließ ihn herumfahren. Ein leises Scharren und Rascheln von Kleidung, so als würde jemand sehr nah bei der Tür stehen, vielleicht sogar sein Ohr dagegen legen.

Steffen Theis vergaß sein Spiegelbild. Er tat ein paar Schritte in die Mitte des Raums hinein und blieb dann stehen, um zu horchen, ob sich das Geräusch wiederholte.

Da war nichts. Nur eine Art von Spannung, die sich mit jeder Sekunde weiter aufbaute.

Theis lächelte flüchtig. Er hatte sich offenbar getäuscht. Seine Sinne waren gereizt, nahezu überall glaubte er, sich Geräusche oder Bewegungen einzubilden.

Gerade als er sich zu seinem Sakko umdrehen wollte, klopfte es an die Tür. Ein Geräusch, so schwach und zaghaft, dass er es mit Sicherheit überhört hätte, wenn er nicht gerade in diesem Augenblick darauf geachtet hätte.

Entschlossen setzte er sich in Bewegung, streckte die Hand nach der Klinke aus und öffnete.

Die Gestalt vor der Tür fuhr mit einem leisen, erschrockenen Laut zurück, ins Halbdunkel des Hotelkorridors hinein, das Theis' Blick zu durchdringen versuchte.

»Leonie?«

Er hatte die Augen zu Schlitzen verengt und blinzelte.

Die Person im Flur trat einen winzigen Schritt auf ihn zu, hielt dabei ihren Kopf leicht gesenkt. Doch Theis war sich inzwischen sicher, um wen es sich handelte. Sie hätte dazu nicht einmal scheu zu ihm aufsehen müssen, so wie sie es jetzt tat.

»Leonie! Was um alles in der Welt tust du hier?«

Theis stand genau auf der Türschwelle und ertappte sich dabei, wie er einen kurzen, absichernden Blick in beide Richtungen warf. Der Korridor war menschenleer.

»Entschuldige«, sagte sie. Nur dieses eine Wort. Sie war regungslos vor ihm stehen geblieben und wagte es offenbar nicht, ihm in die Augen zu sehen. Ihr Blick hatte sich auf seine Krawattennadel geheftet.

Theis wurde klar, dass es an ihm war, die Situation zu bereinigen. Er wiederholte seine Frage, dieses Mal etwas leiser und weniger aufgebracht.

Etwas, vielleicht der sanftere Klang seiner Stimme, schien sie aus ihrer Lethargie zu lösen.

Sie sah ihn an, deutete mit einem Kopfnicken an ihm vorbei ins Zimmer und fragte: »Darf ich reinkommen?«

Theis wollte sich aus einem Reflex heraus durch das blonde Haar fahren, erinnerte sich aber gerade noch rechtzeitig daran, dass der Inselfriseur ihn am späten Vormittag eindringlich davor gewarnt hatte, jetzt noch irgendetwas an seine Frisur zu lassen. Er ließ die Hand sinken und deutete stattdessen ins Zimmer.

»Bitte«, sagte er mit einem leisen Seufzen. Er gab ihr den Weg frei und beobachtete, wie Leonie Decker den Raum betrat. Wie ein angefahrenes Reh blieb sie zwischen Bett und Schreibtisch stehen, als könne sie sich nicht entscheiden, wohin sie wollte.

»Was ist los?«, fragte er. »Woher weißt du, wo ich bin?«

»Jan«, antwortete sie leise. Noch immer brachte Leonie offenbar nicht den Mut auf, ihm in die Augen zu sehen.

Theis legte den Kopf leicht schräg. »Jan hat dir gesagt, wo du mich findest? Warum das?«

»Weil ich ihn darum gebeten habe.«

Steffen Theis lachte kurz auf. Er drehte sich um, öffnete die Minibar und holte eine Flasche Wasser heraus. Er goss sich ein Glas halbvoll und nahm einen großen Schluck, mit dem er es nahezu wieder leerte.

»Mein Trauzeuge verrät meiner Ex nicht nur, dass ich heirate, sondern auch noch, wo. Das ist nicht gerade die Form von Diskretion, um die ich ihn gebeten hatte.«

»Er kann nichts dafür«, sagte Leonie leise.

»Das kann ich mir vorstellen.« Theis stellte das Glas achtlos beiseite. »Willst du dich nicht wenigstens hinsetzen?«

Sie schüttelte den Kopf.

»Dann sag mir, was du von mir willst.«

Leonie Decker hatte matt glänzendes, schwarzes Haar, das ständig die Eigenschaft hatte, ihren Blick zu verschleiern. Die junge Frau hob ihre Hand, um eine der Strähnen hinter ihr rechtes Ohr zu klemmen. Die Bewegung wirkte flatterhaft und fahrig. Ihre Gestalt war schmächtig, fast zerbrechlich, und stets waren ihre Finger in Bewegung, um irgendetwas zu tun.

»Ich habe nicht stören wollen«, begann sie. »Ich traf Jan eher zufällig. Das war vor etwa zwei Wochen in Hamburg. Da erzählte er mir … er sagte, dass du heiraten würdest.«

»Falls du gekommen bist, um mir das auszureden …«, begann Theis, doch er brach ab, als er registrierte, dass ihr Blick hektisch zu flackern begann. Beinahe panisch.

»Nein, ganz und gar nicht«, antwortete sie hektisch, so als hätte er sie gerade mit einer wirklich schlimmen Sache konfrontiert.

»Du weißt, ich würde mich nie in deine Angelegenheiten einmischen«, fuhr sie fort. Ihre Stimme war genauso flüchtig wie ihr Blick, der keinen ruhenden Pol im Zimmer fand.

»Ich hätte mich auch nie eingemischt, wenn die Zeichen nicht eindeutig gewesen wären.«

»Was für Zeichen?«, fragte Theis. »Wovon redest du da?«

Ihr Blick bekam einen melancholischen, fast flehenden Ausdruck.

»Die Stimme des Universums und des Schicksals«, flüsterte Leonie. Als sie ihn ansah und fortfuhr, wirkte ihre Stimme fester, so als habe sie neuen Mut gefasst.

»Wie du weißt, habe ich mich nach unserer Trennung in eine Therapie begeben. Die Psychologin dort, eine Frau Winter, hat sich um mich gekümmert. Die Chemie zwischen uns war von Anfang an eine ganz besondere. Diese Frau hat mir in den ersten Sitzungen den seelischen Schmerz genommen. Mit ihrer Hilfe konnte ich ihn sogar in neue Lebensenergie umwandeln.«

Steffen Theis sah die Frau an, mit der er fast sechs Jahre zusammen gewesen war, die letzten zwei davon sogar verlobt. Was sie da von sich gab, war ihm nicht vollkommen neu. Leonie hatte schon immer einen Hang zur Esoterik und zum Spiritismus gehabt, und er hatte durch Jan erfahren, dass Leonie neuerdings zu einer Frau ging, die all das und möglicherweise noch mehr praktizierte. Er überlegte, ob er einschreiten sollte, doch Leonie war offenbar noch nicht an den Punkt gelangt, auf den es ihr eigentlich ankam, deshalb ließ er sie gewähren.

Sie hatte ihre Unterarme vor ihrem Bauch verschränkt. Ihre Finger nestelten dabei unentwegt an ihren Ellbogen herum.

»Frau Winter hat sehr viel für mich getan, weißt du? Viel mehr, als sie eigentlich hätte tun müssen. Wir sind … Freundinnen.« Sie hielt einen Moment inne, als ob sie erst über dieses Wort nachdenken musste. Sie nickte und fuhr fort: »Sie beschäftigt sich schon seit vielen Jahren sehr ausgiebig mit Tarot. Dabei hat sie zusammen mit einer religiösen Frau aus Ägypten einen eigenen Satz Spielkarten erstellt, anhand der sie unter bestimmten Voraussetzungen die Zukunft vorhersagen kann.«

»Lass mich raten«, warf Steffen ein, »eine dieser Voraussetzungen ist Geld.«

Leonie lächelte matt. »Ich habe geahnt, dass du so reagieren würdest. Aber bitte lass mich wenigstens ausreden.«

»Entschuldige«, murmelte er und gab ihr ein Zeichen, fortzufahren.

»Ich habe sie gebeten, die Karten zu legen«, erklärte Leonie. »Wir haben uns vor anderthalb Wochen in ihrer Wohnung getroffen, und es war eine … unglaublich intensive Erfahrung für mich. Ich habe nicht geglaubt, dass so etwas möglich ist. Ich sollte eine Frage formulieren. Eine, die mich beschäftigt und auf die ich mir im Augenblick am meisten eine Antwort wünsche. Genau das tat ich.«

»Und hast du eine Antwort bekommen?«, fragte er, als sie eine kurze Pause einlegte.

Leonie schüttelte den Kopf. »Nicht eine, Steffen. Ich habe gleich mehrere erhalten. Ich gebe zu, das war am Anfang sehr verstörend für mich, weil ich mit den ganzen Informationen überfordert war. Ich wusste nicht recht, worauf sie abzielten. Frau Winter sagte, dass dies ganz normal sei. Deswegen schlug sie vor, das Kartenlegen nach einer Woche nochmal zu wiederholen. Vorgestern war ich wieder bei ihr. Es ging um dieselbe Frage. Waren die Informationen beim letzten Mal noch etwas verschwommen, so kristallisierte sich jetzt eine Wahrheit heraus. Wir erhielten ein erschreckend klares Bild von dem, was … was passieren würde.«

Steffen Theis räusperte sich leise. Er drehte sich zu ihr um. »Leonie, nimm es mir nicht übel, aber ich fürchte, ich verstehe kein einziges Wort von dem, was du da erzählst.«

»Die Antwort lautete Tod! Jemand wird sterben!«

Theis hatte gerade wieder zu seinem Wasserglas greifen wollen. Er führte die Bewegung nicht zu Ende. Mit leicht geweiteten Augen sah er sie an.

»Was sagst du da?«

»Die Zeichen waren eindeutig«, erklärte Leonie. Es hatte den Anschein, als müsste sie für diese Worte all ihren Mut zusammennehmen.

Er schüttelte den Kopf, während er auf das Fenster zuging, durch das ein breiter Keil Sonnenlicht flutete. Er schob den Vorhang ein Stück beiseite und spähte auf die Straße hinunter, den *Südermenss*. Einige Touristen waren unterwegs, hielten auf das Hotel zu oder flanierten daran vorbei, auf dem Weg in Richtung des Ortskerns oder zu den Dünen und zum Strand. Theis wünschte sich nichts mehr, als jetzt auch dort draußen zu sein. Bis zur Trauung, die unter freiem Himmel stattfinden sollte, waren es noch knapp zwei Stunden.

Theis wandte sich vom Fenster ab und drehte sich zu Leonie um. »Also«, begann er ruhig und sachlich, »ich verstehe es richtig, dass du aufgrund deiner Wahrsagerin hierher nach Spiekeroog gekommen bist, um mir zu sagen, dass jemand sterben wird?«

Sie nickte.

»Und was genau habe ich damit zu tun?«, fragte er provokativ. »Ich meine … ich glaube nicht an diesen Hokuspokus. Und selbst wenn: Immerhin warst *du* bei dieser Frau und nicht ich. Wenn also jemand über die Klinge springt, dann doch wohl eine Person aus deinem Umfeld.«

Leonie ließ ihre Arme sinken. Sie bewegte sich auf ihren ehemaligen Verlobten zu, kam ihm so nah wie schon seit langer Zeit nicht mehr.

»Die Frage, die ich gestellt habe, galt nicht mir«, sagte sie leise. Ihre Worte waren kaum mehr als ein warmer Hauch. »Ich habe sie deinetwegen gestellt. Ich wollte wissen, ob du in eine glückliche und zufriedene Zukunft blicken kannst, mit allem, was du dir dafür immer gewünscht hast.«

Theis öffnete den Mund, doch Worte wollten ihm nicht über seine Lippen gehen. Er stand einfach nur da und starrte sie an.

»Ich weiß, dass du an all das nicht glaubst«, sagte sie leise. »Ich war anfangs auch skeptisch. Aber nach dem ersten Mal habe ich mich noch lange mit Frau Winter über die Karten unterhalten. Deswegen machte sie den Vorschlag, den Blick in die Zukunft zu wiederholen und die Frage konkreter zu stellen. Außerdem sagte sie, dass die Antwort umso konkreter ausfällt, je näher das betreffende Ereignis liegt.«

»Und das Ereignis, von dem du sprichst, ist meine Hochzeit«, schloss Theis.

Sie sagte nichts, doch ihr Gesichtsausdruck war ihm Antwort genug.

»Diese Frau Winter hat dir also gesagt, dass heute jemand von uns sterben wird.«

»Nein, nicht sie. Die Karten haben es gesagt.«

»Meinetwegen auch die. Aber *wen* es erwischt, hat sie dir zufällig nicht gesagt, nein?«

»Nein«, antwortete sie leise. »Es ist gefährlich, danach zu fragen. Weil das Schicksal sich sonst über einer anderen Person erfüllen kann.«

Steffen Theis sah auf seine Armbanduhr. Ein eigenartiger Gedanke schoss ihm durch den Kopf. Er hatte das Gefühl, die Zeit lief ihm da draußen davon, während sie in diesem sticki-gen Hotelzimmer stehen geblieben zu sein schien. Außerdem saß seine Krawatte zu eng. Es kam ihm so vor, als würde er sich selbst nach und nach damit strangulieren. Dennoch wider-stand er dem Impuls, den Würger zu lockern.

Er spürte einen leisen Kopfschmerz. Für einen Moment stand er still da und massierte sich die Schläfen.

»Jetzt hör mal gut zu, Leonie«, sagte er konzentriert und einigermaßen sanft. »Ich weiß zu schätzen, dass du dir anschei-nend noch immer Sorgen um mich machst. Aber das ist über-flüssig, verstehst du? Femke und ich – wir planen diesen Tag jetzt schon seit über einem Jahr, und wir haben verdammt viel

Mühe und Arbeit in diese Sache gesteckt. In diesen Tag, der einfach nur perfekt werden soll. Von Anfang an hatte ich dieses Ziel: der Frau, die ich liebe, den schönsten Tag ihres Lebens zu bereiten. Ich weiß nicht, ob du das verstehen kannst, aber … dein Auftritt jetzt und hier trägt nicht unbedingt dazu bei, meine Laune zu verbessern. Aber genau das ist es, was ich jetzt brauche: gute Laune! Denn wenn ich die nicht habe, wenn ich nachher unten am Strand vor dem Pastor stehe, dann wird Femke die Erste sein, die es bemerkt. Sie wird sich fragen, was los ist. Und dann wird sie mich fragen. Und ich hasse es, sie anzulügen.«

Theis drehte sich um und trat auf Leonie zu. Er suchte ihren Blick. »Verstehst du das, Leonie?«

Sie sah ihn an. Ihre Mundwinkel zuckten dabei leicht.

»Ja«, hauchte sie und senkte den Kopf. »Aber ich wäre nicht hergekommen, wenn ich nicht überzeugt davon gewesen wäre, dass die Karten recht haben. Die Stimme des Universums lügt nie. Sie ist …«

»Jetzt hab ich aber genug von diesem Scheiß!« Steffen Theis wirbelte auf der Stelle herum. Sein Blick irrte fieberhaft durch das Zimmer und blieb auf dem Wasserglas haften. Theis griff danach und schleuderte es gegen die Wand.

Ein Meer von funkelnden Glassplittern ging über dem Sofa und dem Teppich nieder.

Leonie Decker stieß einen spitzen Schrei aus und zuckte heftig zusammen. Instinktiv riss sie ihre Arme in die Höhe, ihre blassen Hände verharrten dabei schützend vor ihrem Gesicht.

»Was zum Teufel denkst du dir eigentlich dabei?«, schrie Theis sie an. »Bist du gekommen, um mir diesen Tag zu verderben? Ist es das, was du willst? Ja?«

Er packte ihre Unterarme und hielt sie daran fest.

»Das wird dir nicht gelingen, hörst du? Das schaffst du nicht! Ich weiß auch nicht, was in deinem kranken Hirn alles vor sich geht. Aber eines weiß ich genau: Ich werde da jetzt gleich rausgehen und die Frau heiraten, die ich liebe. Und du wirst jetzt aus diesem Zimmer verschwinden. Aus diesem Zimmer und aus meinem Leben, ist das klar?«

Leonie hatte den Kopf eingezogen. Tränen schwammen in ihren Augen und machten sich schließlich auf den Weg. Sie sagte nichts. Nur ein leiser Atemzug kam über ihre Lippen. Ihre Arme wanden sich aus seiner Umklammerung. Hastig trat sie zwei Schritte zurück, bis sie gegen einen Stuhl stieß. Das Scharren, als er über den Teppich rutschte, war für einige Sekunden das einzige Geräusch in dem plötzlich viel zu engen Raum.

Ein letzter Blick, dann wandte sie sich ab. Leonie Decker rannte zur Tür, riss sie auf und war im nächsten Moment auf dem Korridor verschwunden.

Steffen Theis hatte sich nicht gerührt. Er spürte das Blut hinter seinen Schläfen rauschen. Sein Herz schlug ihm bis zum Hals.

Er starrte die Tür an, die zurückschwang und mit einem leisen Klicken ins Schloss fiel.

Er war allein. Mit sich und seinen Gedanken. Einer davon stach aus der Masse heraus und wiederholte sich ohne seinen Willen wie ein diabolisches Mantra.

Jemand wird sterben, dachte er und hörte dabei noch immer Leonies Stimme.

Jemand wird sterben!

Kapitel 2

Seine Stirn war schweißnass. Und das, obwohl er auf dem Rad unterwegs war und der warme Wind ihm entgegen wehte. Zudem spürte Steffen Theis noch immer seinen Puls, der in seinen Adern und vor allem hinter seinen Schläfen klopfte. Warum nur beschäftigten ihn Leonies Worte derart?

Auch konnte er das Bild nicht vergessen, wie sie im Hotelzimmer vor ihm gestanden hatte, scheu und zurückhaltend. Es musste sie großen Mut und enorme Überwindung gekostet haben, hierher auf die Insel zu kommen und ihr Anliegen vorzubringen.

Hatte er ihr Unrecht getan?

Theis blinzelte, um die Bilder und Eindrücke aus seinem Kopf zu verbannen, doch es gelang ihm nicht.

Ein paar Meter östlich vom Slurpad erhob sich die achtzehn Meter hohe Aussichtsdüne. Auf ihr thronte der *Spiekerooger Utkieker* und ließ seinen Blick über die Dünenlandschaft schweifen.

Theis hatte keine Augen dafür. Er trat in die Pedale.

Nach Leonies überraschendem Besuch hatte er lange Zeit im Bad seines Hotelzimmers verbracht, hatte sich kaltes Wasser über die Handgelenke laufen lassen und dabei in den Spiegel gestarrt. So war wertvolle Zeit vergangen, bis irgendwann sein Handy im Zimmer nebenan geklingelt hatte.

Theis folgte dem Verlauf des Slurpads bis zur Strandkorbvermietung von Spiekeroog, wo er sein Fahrrad abstellte.

Als er ankam, löste sich ein Mann aus dem Schatten des Gebäudes. Jan Brohm, der als Theis' Trauzeuge fungierte.

Brohm war ein kräftiger Typ und Berufsfeuerwehrmann. Sein schütteres Haar leuchtete rötlich in der Sonne.

»Sag mal, was war denn eigentlich los?«, fragte er, während er näher kam. Die Hitze des Tages hatte ihn gezwungen, sein Jackett auszuziehen. Er trug es lässig über der Schulter.

Theis schloss das Fahrrad ab und steckte den Schlüssel gedankenverloren ein. »Das hab ich dir doch vorhin schon am

Telefon erzählt. Leonie ist plötzlich vor meiner Tür aufgetaucht. Dank dir wusste sie nicht nur, dass ich heirate, sondern auch wann und wo.« Er warf seinem Trauzeugen einen argwöhnischen Blick zu.

»Sorry, Steffen, aber wer hätte denn ahnen können, dass sie sich gleich auf die Socken macht und … was genau hat sie eigentlich von dir gewollt?«

»Um ehrlich zu sein, weiß ich das nicht mal. Ich glaube, sie wollte mich warnen.«

»Du hast gesagt, sie hätte sich von irgendeiner Wahrsagerin die Karten legen lassen?«

»Allerdings«, gab Theis zurück. »Aber die Gute hat es anscheinend ein bisschen übertrieben. Sie hat Leonie eingeredet, dass heute jemand sterben wird.«

Brohm blinzelte gegen die Sonne. »Wie hat sie das gemeint?«

»Na ja, einen von uns wird es heute erwischen, wenn es nach dieser Kartentante geht.«

»Nicht dein Ernst.« Brohm lachte schallend.

»Ich fürchte, doch. Und zum Lachen finde ich es auch nicht unbedingt.«

Die Mundwinkel des Trauzeugen sackten herab. »Sorry. Und was, glaubst du, steckt nun in Wirklichkeit dahinter? Will sie dir damit die Hochzeit ausreden? Oder sollte das vielleicht sogar eine Warnung an dich sein?«

Theis schüttelte nachdenklich den Kopf. »Nein, das glaube ich weniger. Du hättest sie sehen sollen, wie sie vor mir stand. Es war ihr vollkommen ernst damit.«

»Oh Mann«, entfuhr es Brohm. »Ich wusste ja schon immer, dass deine Ex einen Schatten hat, aber dass sie so derart verpeilt ist, hätte ich nicht gedacht. Wo steckt sie denn jetzt?«

»Gute Frage«, antwortete Theis. »Ich habe keine Ahnung. Wahrscheinlich ist sie noch auf der Insel.«

Brohm blickte demonstrativ zum Strand hinunter. »Die bringt es glatt fertig und platzt mitten in die Trauung.«

»Ich fürchte, ich habe ihr Angst gemacht«, sagte Theis trocken. »Vorhin im Hotelzimmer habe ich sie angeschrien. Das war nicht richtig. Ich hätte das nicht tun dürfen.«

»Du bist auch nur ein Mensch, Steffen. Ich meine, was hat sie denn erwartet, wie du darauf reagieren würdest? Das hätte sie mal bei mir bringen sollen. Ich hätte sie achtkantig rausgeschmissen.« Brohm unterstrich seine Worte mit einer entsprechenden Geste. Er trat auf seinen langjährigen Freund zu und legte ihm eine Hand auf die Schulter. »Hey. Du hast das einzig Richtige getan, okay?«

Theis sah seinen Trauzeugen an und rang sich ein Lächeln ab. »Vielleicht hast du recht.«

»Ganz sicher hab ich recht«, gab Brohm zurück. »Und jetzt sollten wir langsam zum Strand runter. Es wird Zeit. Und du willst doch sicher nicht zu spät kommen, oder?«

»Auf keinen Fall.«

Die beiden Freunde lösten sich vom Fleck und schlugen den Pfad ein, der direkt zum Strand hinunterführte.

Unten auf dem Sand angekommen, blickte sich Brohm suchend um. »Wohin müssen wir?«

Steffen Theis deutete nach rechts, an einer Reihe von bunten Strandkörben vorbei. Wie sich zeigte, mussten sie nicht lange gehen. Etwa vierzig Meter weiter war ein kleiner Pavillon aufgestellt, der sich in den Schutz der Dünen kauerte und dem Wind standhielt, der vom Meer her wehte.

Vor dem leuchtend weißen Pavillon waren etwa zwei Dutzend Klappstühle aufgestellt worden, die größtenteils schon alle besetzt waren. Es ging auf sechzehn Uhr zu.

Vor den bereits versammelten Gästen hatte sich eine unscheinbare Gestalt aufgebaut, die ständig ihre Augen mit der Hand abschirmte und nach etwas oder jemandem Ausschau hielt.

Brohm griff nach Theis' Arm und hielt ihn für einen Moment fest. »Großer Gott, ist das etwa Leonie?«

Der angehende Bräutigam folgte dem Blick seines Trauzeugen und schüttelte nach einigen Sekunden den Kopf. »Nein, das ist Frau Mock vom Kirchenbüro, mit der wir den Trauungsgottesdienst besprochen haben. Sie hat Pastor Fuchs vertreten. Aber du hast recht: Man könnte sie auf den ersten Blick tatsächlich mit Leonie verwechseln.«

»Nicht nur auf den ersten Blick«, antwortete Jan Brohm, als sie über den Sand näher kamen. »Die beiden könnten glatt Schwestern sein.«

Katharina Mock hatte eine ähnliche Frisur wie Leonie Decker, nur trug sie ihr schulterlanges Haar zu einem Pferdeschwanz gebunden, der ständig aufgeregt hin und her wippte.

Die junge Frau trat ein paar Schritte auf die Männer zu.

»Herr Theis«, sagte sie mit einem nervösen Lächeln. »Wie schön, dass Sie da sind. Für einen Moment hatte ich befürchtet, Sie würden sich verspäten. Sie müssen der Trauzeuge von Herrn Theis sein?«

Brohm nickte und reichte der Kirchenangestellten die Hand.

»Die Zettel mit den Liedern habe ich bereits verteilt«, erklärte Katharina Mock. »Wollen Sie auch einen?«

Sie wartete Brohms Antwort nicht ab, sondern nestelte aus einem Stoß von Papier ein einzelnes Blatt heraus, das ihr sofort vom Wind aus der Hand gerissen wurde und in Richtung der Dünen davonwehte.

»Ach herrje«, rief sie. »Das war meine Schuld. Ich bin bei Hochzeiten immer aufgeregter als die Beteiligten selbst.«

»Das haben wir gleich«, antwortete Brohm und sprintete dem herumwirbelnden Blatt hinterher, ehe es in den Dünen verschwinden konnte. Mit einem gewagten Satz hechtete er hinterher und bekam es zu fassen.

Mit einem zufriedenen Grinsen kehrte er zu den beiden anderen zurück.

»Haben Sie noch Fragen, Herr Theis?«, fragte die Angestellte in diesem Moment.

Der Angesprochene schüttelte den Kopf. Er ließ seinen Blick über die Gäste schweifen. Sie waren alle gekommen. Nicht, dass es viele gewesen wären. Femke und er hatten bewusst im kleinstmöglichen Kreis heiraten und auch feiern wollen.

Er nickte Annette Küster zu, Femkes beste Freundin und Trauzeugin. Hinter ihr war ein Stuhl entfernt worden, damit der Rollstuhl von Femkes Vater Platz hatte, den irgendjemand, vermutlich die junge Pflegerin neben ihm, im Schweiße ihres Angesichts durch den Sand hierher geschafft hatte. Gunther

Hansen würdigte seinen angehenden Schwiegersohn keines Blicks. Er starrte stur vor sich hin, schien nichts und niemanden wahrzunehmen.

Von der linken Seite trat plötzlich jemand auf Steffen Theis zu. Zuerst nahm er nur die Farbe Schwarz wahr.

»Herr Theis, ich grüße Sie ganz herzlich. Mein Name ist Matthias Fuchs. Ich bin der Inselpastor.«

Der Mann im Talar war leicht untersetzt und pausbäckig. Sein dunkles Haar wirkte ein kleines Stück zu lang, was jedoch auch am Wind liegen konnte, der damit spielte und immer wieder nach einer anderen Strähne griff, um sie durcheinanderzuwirbeln.

Ein fester Händedruck folgte.

»Es tut mir leid, dass wir uns heute erst kennenlernen, aber ich bin sicher, Frau Mock hat mich bei den Vorgesprächen glänzend vertreten.«

Der Pastor warf der Angestellten einen freundlichen Blick zu, woraufhin sie sich leicht errötend zur Seite drehte.

»Das hat sie«, antwortete Theis leicht abwesend.

»Sie sind ganz sicher aufgeregt«, fuhr Fuchs mit einem Lächeln fort. »Das ist ganz normal und wäre auch schade, wenn nicht.« Der Geistliche räusperte sich dezent.

»Frau Mock hat mich mit allen Informationen versorgt. Die beiden Musiker wissen auch Bescheid.« Er deutete auf zwei schwitzende Männer in schwarzen Anzügen, die im Sand von einem Bein auf das andere traten. Einer von ihnen nestelte an den Stimmwirbeln einer Geige herum, während sein Kollege gelangweilt auf den Strand und das Meer hinausblickte.

»Jetzt fehlt nur noch die Hauptattraktion, nicht wahr?«, feixte Pastor Fuchs und stieß den angehenden Bräutigam sanft mit dem Ellenbogen an.

Es war fünf Minuten vor vier an diesem Nachmittag. Die Temperaturen waren weiter in die Höhe geklettert und knabberten an der Dreißig-Grad-Marke. Der Wind wehte nur lau, weswegen die festlich gekleideten Gäste auf ihren Stühlen hin und her zu rutschen begannen.

Steffen Theis bemerkte, wie durch die beiden Musiker ein Ruck ging. Sie setzten ihre Instrumente an und begannen zu spielen.

Alles wandte den Kopf in Richtung des Strandaufgangs.

Da kamen sie.

Femke trug ein weißes Brautkleid, das weit ausladend über den Sand strich. Der kleine Hut mitsamt dem Schleier, der ihr Gesicht halb verdeckte, musste auf raffinierte Weise an ihrem braunen Haar befestigt worden sein, weil ihnen der Wind scheinbar nichts anhaben konnte.

Es hatte etwas Majestätisches, fast Heiliges, wie sich die Braut langsam näherte, hergeführt von einem Mann mit altmodischem Frack und Zylinder. Es handelte sich um Eric Frey, einen Alleinunterhalter und Zauberer, den das Brautpaar für den Abend gebucht hatte.

Die Möglichkeit, dass Femkes Vater die Braut trotz seiner gesundheitlichen Einschränkungen zum provisorischen Strandaltar führen würde, war nie eine Option gewesen. Femke hatte ihn nicht gefragt, und er hatte sich auch nicht angeboten. Er hatte nicht einmal auf die Einladung reagiert. So hatte Eric Frey diese ehrenvolle Aufgabe spontan übernommen. Und die beiden gaben ein sehr harmonisches Bild ab, wie sie zu den Klängen des Hochzeitsmarsches durch die Stuhlreihen schritten, bis kurz vor den Altar, wo Steffen Theis auf seine Braut wartete.

Er spürte eine selten gekannte Aufregung in sich aufkeimen. Die Sache mit Leonie war für diesen Moment vergessen. Theis hatte nur Augen für Femke, die in wenigen Minuten nun auch mit dem Segen der Kirche seine Frau werden würde.

Er nahm sie aus den Händen des fracktragenden Zauberers entgegen. Ihre Hand fühlte sich warm und weich an.

Pastor Fuchs gab ihnen ein unauffälliges Zeichen, dass sie auf den beiden mit einer Blumengirlande geschmückten Stühlen Platz nehmen durften.

Die Musik spielte noch einen Augenblick weiter.

Steffen Theis blickte seine Braut an. Er lächelte. Sie tat es auch, allerdings spürte er, dass etwas an ihr nicht stimmte. Sie wirkte nicht aufgeregt oder erwartungsvoll oder wie auch immer sich die Vorfreude in einem Menschen bahnbrechen konnte. Femke war eindeutig angespannt. Selbst durch den grobmaschigen Schleier hindurch sah Theis ihren Blick flackern.

»Ist etwas nicht in Ordnung?«, flüsterte er, während die Musiker langsam den Schlussakkord einleiteten.

»Warum hast du mir nicht gesagt, dass Leonie hier ist?«, fragte sie.

Theis sackte die Kinnlade herunter. Er spürte, wie eine Welle von Zorn und Scham in ihm aufstieg.

»Ich hatte keine Ahnung davon«, presste er hervor. »Sie stand auf einmal im Hotel vor der Tür.«

»Was wollte sie? Ist sie gekommen, um uns den Tag zu verderben?«

»Nein.«

»Was dann?«, fragte sie mit unterdrückter Wut. »Warum kann sie dich nicht endlich in Ruhe lassen?«

Theis spürte, wie der Schweiß auf seiner Stirn zu perlen begann. »Woher weißt du, dass sie auf der Insel ist?«

»Ich habe sie gesehen. Sie ist hier am Strand.«

Theis widerstand dem Impuls, aufzuspringen. Dennoch reckte er seinen Kopf nach allen Seiten, doch er konnte seine Ex nirgends entdecken, was allerdings aus dieser Position heraus auch schwierig war.

»Hör zu«, sagte er flüsternd, während sich die beiden Musiker setzten und unauffällig in ihren Noten herumzublättern begannen, »lass uns Leonie vergessen, okay? Wir werden nicht zulassen, dass sie uns diesen Tag mit ihrer Anwesenheit zerstört.«

»Das hat sie schon«, presste Femke durch ihren Schleier hindurch. Glitzerte da eine Träne in ihrem rechten Augenwinkel?

Theis wollte etwas erwidern, doch da fiel ein Schatten auf sein Gesicht.

Pastor Fuchs war vor den Altar getreten, der aus einem mit Blumen und einer großen Kerze geschmückten Tisch bestand.

Theis spürte, wie sich Femkes Hand aus seiner wand. Nahezu gleichzeitig wurde die Flamme der Traukerze von einer leichten Bö ausgeblasen.

Der Geistliche schien es nicht zu bemerken. Er trat vor das Brautpaar und die kleine Festgemeinde und begrüßte sie mit ein paar warmen Eröffnungsworten.

Ähnlich wie der Wind waren die Worte nur wie ein Hauch, der an Steffen Theis vorüberzog. Es gelang ihm nicht, den Sinn der Worte zu erfassen. Seine Gedanken waren abgeschweift. Und wieder einmal drehten sie sich um Leonie. Was um alles in der Welt hatte sie da nur angerichtet? Und warum gelang es ihm nicht, sich einfach von dieser Sache zu lösen?

Leonie war durchgeknallt, ganz einfach. Sie schien zwar an die Richtigkeit ihrer Worte zu glauben, aber das musste doch verdammt nochmal nicht heißen, dass er es ebenso tun musste.

Und zu allem Übel waren sich die beiden Frauen, die sich gegenseitig hassten, auch noch hier auf der Insel begegnet.

Nein, dachte Theis. Er musste diesen letzten Gedanken korrigieren, denn er war sich nicht sicher, ob Leonie Decker überhaupt zu so einem Gefühl wie Hass fähig war.

Er warf einen kurzen, unauffälligen Blick zur Seite.

Femkes Gesicht wirkte unter dem weißen Schleier wie versteinert. Sie sah ihn nicht an, sie starrte stur geradeaus. Sie schien gar nichts mehr wahrzunehmen. Im Gegenteil hatte es den Anschein, als würde sie die ganze Prozedur über sich ergehen lassen, da sie nun einmal die Braut war.

Theis spürte, dass sich über ihren Köpfen irgendetwas zusammenbraute. Er verfiel in düstere Gedanken, über die er sich im selben Moment ärgerte, doch es gelang ihm nicht, sie abzustellen. Sie waren wie ein Kreisel, der sich in seinem Kopf zu drehen begonnen hatte. Schneller und immer schneller.

Die Sonne brannte heiß, und die Hochzeitszeremonie begann für ihn langsam unerträglich zu werden. Und das Schlimmste daran war, dass er wusste, dass es Femke genauso erging.

Beinahe hätte Theis die Worte des Pastors überhört. Unsicher erhob er sich von seinem Stuhl. Seine Anzughose klebte an seinen Beinen. Er fühlte sich wie gefangen.

Pastor Fuchs sprach die alles entscheidenden Worte und erklärte sie damit zu Mann und Frau.

Theis drehte sich zu Femke um. Sie schien an ihm vorbei zu blicken, selbst dann noch, als er vorsichtig ihren Schleier anhob, um sie unter dem Beifall der Gäste zu küssen.

Sie erwiderte diesen Kuss kaum. Ihre Lippen fühlten sich hart und teilnahmslos an.

Theis blickte an Pastor Fuchs vorbei auf den kalten schwarzen Docht ihrer Hochzeitskerze.

Ein ungutes Gefühl machte sich in ihm breit. Eine dunkle Vorahnung.

Weiter unten am Strand, kurz vor der Wasserlinie, entdeckte er zwischen den sich bewegenden Menschen eine reglose Gestalt, die zu ihnen herüberblickte.

Leonie!

Kapitel 3

Steffen Theis ertappte sich bei dem Gedanken daran, dass er das Ende der Trauungszeremonie herbeisehnte. Und als es endlich nach fast einer Stunde so weit war, hätte er es beinahe verpasst. Es war, als wachte er aus einem schlechten Traum auf. Er erhob sich von seinem Stuhl, genau wie Femke, und nahm beinahe teilnahmslos die ersten Glückwünsche entgegen. Er tauschte Floskeln aus und blickte dabei immer wieder verstohlen zum Wasser hinüber. Doch Leonie war verschwunden. Ihr violettes Kleid mit den weißen Punkten hätte er überall auf der Welt wiedererkannt.

Die Schar der Gäste fächerte auseinander. Nahezu jeder war offenbar dankbar, der direkten Sonnenbestrahlung für einen Moment entfliehen zu können.

Theis suchte nach Femke, die sich einige Schritte weit entfernt hatte. Sie stand mit ihrer Freundin Annette zusammen, die von allen nur Nettie genannt wurde. Beide unterhielten sich mit Femkes Vater Gunther. Die junge Pflegerin stand daneben und blickte gedankenverloren auf den Strand hinaus.

Theis drehte sich in die Richtung und setzte sich in Bewegung. Beinahe hätte er dabei Katharina Mock vom Kirchenbüro umgerannt.

»Sorry vielmals«, murmelte er. »Sie und Pastor Fuchs kommen doch auch nachher zur Feier ins *Hotel Strandglück*?«

Katharina Mock deutete eine Verbeugung an, während sie versuchte, sich die eingesammelten Liederzettel unter den Arm zu klemmen.

»Ich muss schauen, ob ich noch einen Hundesitter auftreiben kann. Dann gerne. Vielen Dank!« Sie lächelte flüchtig und erspähte in diesem Moment noch einen liegengelassenen Zettel, der gerade im Begriff war, von einer aufkommenden Brise in die Dünen geweht zu werden. Mit einem gewagten Satz setzte die junge Frau diesem Treiben ein Ende.

Theis ging auf Femke zu, die nun auch mit dem Segen der Kirche seinen Namen trug.

Sie stand vor ihrem Vater und nahm gerade in diesem Augenblick etwas aus seinen zerbrechlich wirkenden, von der Gicht leicht gekrümmten Fingern entgegen.

»Danke, Papa. Aber wie kommst du dazu, mir so viel …«

Der Alte stieß ein zischendes Geräusch aus. »Sprich nicht darüber! Steck es ein und sag am besten niemandem etwas davon. Nicht mal …«

Der Blick des alten Mannes war auf Steffen Theis gefallen, der durch den Sand an die Seite seiner Frau stapfte, gerade in dem Augenblick, in dem Femke ein schmales, dünnes Buch in ihrer zum Kleid passenden Handtasche verschwinden ließ.

»Hallo, Gunther«, sagte Theis. »Wie schön, dass du auch gekommen bist.«

»Ich habe nur diese eine Tochter«, knurrte Hansen. »Da lasse ich es mir nicht nehmen, auf ihrer Hochzeit zu erscheinen.« Er sagte die Worte in einem leicht abfälligen Tonfall, der verriet, dass er weder mit dem Entschluss seiner Tochter zur Ehe noch mit dem von ihr gewählten Gatten einverstanden war.

Der Alte gab der jungen Pflegerin einen Wink. »Janne! Schaffen Sie mich aus der verflixten Sonne raus, bevor ich vollkommen ausgetrocknet bin.«

Die rotblonde Frau nickte eifrig und packte die Griffe des Rollstuhls an.

Theis beobachtete, wie ihre Stirnader anschwoll und ihr das Blut zu Kopf stieg, als sie den Stuhl im Sand wendete und ihn in Richtung des Pfads zu bewegen begann.

»Hallo Steffen.« Nettie Küster trat auf den Bräutigam zu und umarmte ihn kurz. »Herzlichen Glückwunsch. Ich freue mich für euch, dass ihr endlich diesen Schritt gewagt habt.«

»Was meinst du mit endlich?«, fragte Steffen mit einem Lächeln. »Femke und ich kennen uns gerade mal zweieinhalb Jahre.«

Die Trauzeugin winkte ab. »Ich habe meinen ersten Mann schon nach sechs Wochen geheiratet.«

»Und wir wissen ja, was daraus geworden ist«, gab Femke zu bedenken. Sie hatte in der Zwischenzeit Hut und Schleier abgesetzt.

»Die Scheidung verlief genauso unkompliziert«, fügte Nettie im Plauderton hinzu. »Aber sieh es mal so: Ohne Martin hätte ich nie Tobias kennengelernt. Und ohne Tobias wiederum wäre ich nie Sandro über den Weg gelaufen. Das war vor einem Jahr in der Dominikanischen Republik, du erinnerst dich?«

»Was ist aus Sandro geworden?«, fragte Theis. »Warum hast du ihn nicht mitgebracht?«

Beide Frauen wandten ihre Köpfe in seine Richtung und starrten ihn für einen Augenblick an, ohne etwas zu sagen.

»Was ist?«, fragte Theis. »Habe ich etwas Falsches gesagt?«

Femke trat einen Schritt auf ihn zu und antwortete im Flüsterton: »Sandro hat Nettie vor drei Wochen sitzenlassen. Er ist mit einer anderen durchgebrannt, wahrscheinlich zurück in die Dominikanische Republik. Zusammen mit Netties Ersparnissen.«

»Oh, verdammt. Das konnte ich ja nicht ahnen.« Theis warf der Trauzeugin seiner Frau einen betretenen Blick zu.

Nettie atmete tief durch. »Ach, was soll's. Das Leben geht ja weiter, nicht? Für jeden von uns. Entschuldigt ihr mich? Ich will mich noch kurz frisch machen gehen. Wir sehen uns später.«

Nettie Küster wandte sich ab. Das Brautpaar hörte sie auf dem Weg zum Strandpfad mehrmals leise schniefen.

»Ich hatte wirklich keine Ahnung«, erklärte Theis, während sie der Frau hinterherblickten.

»Ist alles in Ordnung mit dir?«, fragte er, als er keine Reaktion erhielt.

»Ja.«

Er blinzelte. »Du sagst das so einfach.«

Er nahm sie in den Arm. »Hör mal: Diese Sache mit Leonie tut mir wirklich leid. Ich habe ihr nichts von unserer Hochzeit gesagt. Jan hat es durch ein Versehen ausgeplaudert. Er hat sie zufällig in Hamburg getroffen. Ich schwöre dir: Ich wusste nicht, dass sie hier auftauchen würde.«

»Sie kann dich einfach nicht vergessen«, antwortete Femke leise. »Sie ist noch immer nicht über eure Trennung hinweg.

Und ohne Psychologin wird sie es wahrscheinlich nie schaffen.«

»Sie hat eine«, erklärte Theis. »Allerdings scheint die Gute eher eine Wahrsagerin zu sein, die ihren verzweifelten Kundinnen das Geld aus der Tasche zieht. Kein Wunder, dass Leonie ausgerechnet an so eine Person gerät.«

Er strich seiner Frau eine Haarsträhne aus dem Gesicht und küsste sie. Dieses Mal fühlte es sich eindeutig besser an als vorhin.

»Ich werde nicht zulassen, dass sie zwischen uns steht«, sagte er leise. »Eher würde ich …«

Er brach erschrocken ab. Hatte er wirklich *sterben* sagen wollen? Nein, Unsinn, dachte er.

Femke schien seinen Schrecken nicht zu bemerken. Sie wirkte, als sei sie in Gedanken, meilenweit entfernt.

»Das Schlimme ist, dass ich es ihr nicht mal verübeln kann«, sagte sie leise. »Du warst ihr erster und einziger Freund. Du warst ihr ganzes Leben. Als du vor zweieinhalb Jahren mit ihr Schluss gemacht hast, muss für sie eine Welt zusammengebrochen sein. Und sie war schon immer labil.«

»In einer knappen Stunde beginnt die Feier«, stellte er nach einem kurzen Blick auf seine Armbanduhr fest.

»Lass uns gehen. Du willst dich bestimmt noch frisch machen oder so.«

Femke wandte ihren Blick vom Meer ab und sah ihn ernst an. »Ich muss nachher mit dir reden, Steffen.«

Er zuckte ahnungslos mit den Schultern. »Natürlich. Jederzeit. Das weißt du doch.«

Sie schüttelte langsam den Kopf. »Nicht jetzt und nicht hier.«

»Es ist etwas Wichtiges, habe ich recht?«

»Ja«, antwortete sie. »Sehr wichtig. Und je eher ich dir davon erzähle, desto besser.«

Kapitel 4

Der kleine Saal im *Hotel Strandglück* war festlich eingedeckt und mit zahlreichen heimischen Blumen und maritimen Symbolen geschmückt. Das Hochzeitsmenü, von langer Hand geplant und vorbereitet, bestand aus einem Büsumer Krabbensalat als Vorspeise und einem Karree vom Deichlamm im Speckmantel auf Bärlauchmaisgrieß als Hauptgang. Für die Vegetarier war eigens ein herzhafter Linsenbraten zur Verfügung gestellt worden. Das Ganze wurde abgerundet durch ein Sanddorn-Ingwer-Parfait mit Honig und kandierten Haselnüssen.

Femke und Steffen Theis saßen inmitten ihrer Gäste. Zum Essen tönte leise Musik aus den dezent versteckten Lautsprecherboxen.

Steffen Theis ertappte sich mehrfach dabei, wie er seinen Blick über die Anwesenden wandern ließ. Die Anzahl der Gäste war überschaubar. Genauso hatten sie es gewollt.

An Femkes Seite saß ihr Vater, daneben Janne Holzmann, die Pflegerin.

Auch Katharina Mock und Pastor Fuchs hatten es einrichten können. Alles wirkte harmonisch und friedlich. Und doch blickte Theis immer wieder zum gemauerten Rundbogen hinüber, der den Durchgang in die Gaststube bildete, als erwartete er, dort jeden Augenblick einen weiteren Gast wie aus dem Nichts auftauchen zu sehen. Doch das passierte nicht.

Das Fest nahm seinen geplanten Verlauf.

Soeben hatte Eric Frey, der Zauberkünstler, das Parkett betreten und verströmte dabei ausgesprochen gute Laune. Er trug kleinere Kunststücke vor, die er immer wieder durch Witze und heitere Anekdoten auflockerte.

Steffen Theis sah nur halb hin, lachte und klatschte nur, wenn es die anderen taten, aus einem Reflex heraus.

»Was ist es, was du mit mir besprechen wolltest?«, raunte er Femke von der Seite her zu.

Seine Frau schob ihre Schale mit einem Rest Parfait beiseite. »Nicht jetzt«, sagte sie. »Ich muss unter vier Augen mit dir sprechen.«

Die Worte an sich waren bereits ungewöhnlich, doch es war vor allem die Art, wie sie es sagte, die Steffen Theis zu denken gab. So zu reden entsprach einfach nicht der Natur seiner Frau.

Theis wollte etwas erwidern, doch Eric Frey zog in diesem Augenblick gerade unter dem Gelächter der Gäste einen Plüschhasen aus seinem Zylinder.

»Apropos«, sagte er, als der Applaus abgeebbt war, »der Osterhase und sein Hasenmädchen geraten in eine Treibjagd. Zu allem Überfluss ist ihnen auch noch ein Fuchs auf den Fersen. Rasch verkriechen sich die beiden in ihrem Bau und kuscheln sich in die hinterste Ecke. ›Und nun?‹, fragt das Hasenmädchen. Antwortet ihr Gatte: ›Jetzt bleiben wir so lange hier, bis wir in der Überzahl sind.‹«

Erneut brandeten Gelächter und Applaus auf.

Theis beobachtete, wie seine Frau unter den Worten des Zauberers das Gesicht verzog.

»Ich muss einen Moment an die Luft«, sagte sie. Ohne eine Antwort ihres Mannes abzuwarten, stand sie auf und verließ den Saal.

Hinter Theis tauchte ein Schatten auf. Eine Hand legte sich auf seine Schulter. Es war Jan Brohm.

»Sag mal, stimmt etwas nicht mit ihr?«, fragte er leise. »Ist es etwa immer noch wegen dieser unglücklichen Sache mit Leonie?«

Theis warf seinem Trauzeugen einen Blick über die Schulter zu. »Ich weiß es nicht«, gestand er. »Ich fürchte, Femke ist total neben der Spur.«

»Hab ich schon bemerkt«, antwortete Jan. »Sie war schon unten am Strand so durcheinander und nervös. Sie ist doch nicht krank oder so?«

Theis schüttelte den Kopf, obwohl er diesen Gedanken auch bereits gehabt hatte.

Brohm deutete auf ein Pärchen, das sich am Eingang zum Saal herumdrückte und miteinander tuschelte. »Sag mal, ist das nicht dieser Schrader? Dem zwei Discounter in Carolinensiel gehören?«

»Ja«, gab Theis mit einem kurzen Blick auf die beiden zurück. »Das ist Niklas Schrader, Femkes Ex. Und seine neue Flamme Christin Specht. Ihr Spitzname ist Schluckspecht.« Theis hob ein unsichtbares Glas zum Mund.

»Ah, verstehe«, sagte Brohm und drosselte die Gesprächslautstärke. »Ich hatte mich nur gewundert, dass ihr die beiden eingeladen habt.«

»Es war Femkes Idee«, erklärte Theis. »Sie und Niklas haben noch immer ein gutes Verhältnis zueinander. Auf freundschaftlicher Basis. Wir gehen ab und zu zusammen kegeln oder essen. Oder beides.«

Brohm nickte. »Wie auch immer. Ich wollte dich nur vorwarnen: Ich glaube, die beiden haben etwas vor.«

»Etwas vor? Was meinst du damit?« Theis war mit einem Mal hellwach.

Brohm grinste. »Na, sowas wie die Entführung der Braut oder so. Ich hatte da gerade nur was aufgeschnappt.«

»Dazu müssten sie sie erst mal finden«, sagte Theis mit einem Lächeln. »Femke ist nämlich gerade nach draußen gegangen. Sollte ich vielleicht auch tun. Hast du mal eine Zigarette?«

»Ich dachte, du rauchst nicht mehr.«

»Tu ich eigentlich auch nicht. Aber irgendwie fühle ich mich, als könnte ich heute wieder damit anfangen.«

Brohm zuckte mit den Schultern und klopfte seine Taschen nach der Zigarettenpackung ab. Als er sie herausgefischt hatte, bot er dem Bräutigam einen Glimmstängel an.

Theis zog ihn mit spitzen Fingern heraus, klopfte Brohm auf die Schulter und verließ den Saal. Er nickte dem Wirt hinter seinem Tresen zu, öffnete die Haustür und genoss die frische Nachtluft.

Es war niemand zu sehen. Er wandte sich nach links, weg von den Außenlaternen, die ihr Licht auf den gepflasterten Weg warfen. Dort blieb er für einen Moment stehen und atmete tief durch. Aus seinen Augenwinkeln heraus bemerkte er unweit von seiner Position einen kleinen rötlich glühenden Punkt in der Dunkelheit. Jemand zog an einer Zigarette.

Theis fühlte sich auf eigenartige Weise ertappt, obwohl er nichts Unrechtes getan hatte. Er setzte sich in Bewegung und hielt auf den glimmenden Punkt zu.

Ein Gesicht tauchte in einer Mauernische auf. Es gehörte Janne Holzmann und wirkte nicht unsympathisch.

»Haben Sie vielleicht Feuer für mich?«, fragte er und hielt seine Zigarette demonstrativ in die Höhe.

Die Pflegerin lächelte. »Nicht nur vielleicht. Ganz bestimmt sogar.« Sie fischte ein Feuerzeug aus ihrer winzigen Damenhandtasche.

Theis pflanzte sich die Zigarette auf seine Unterlippe und beugte sich vor. Die kleine züngelnde Flamme riss die junge Frau erneut für einen kurzen Moment aus dem Schutz des Dunkels heraus.

»Danke.«

»Gern geschehen«, antwortete sie und ließ das Feuerzeug wieder verschwinden.

»Wie lange arbeiten Sie schon für Femkes Vater?«, fragte Theis geradeheraus. »Sie sind doch privat bei ihm angestellt, oder?«

Janne Holzmann nahm einen Zug aus ihrer Zigarette, lehnte sich mit dem Rücken wieder an die Hauswand und legte dabei ihren Kopf leicht in den Nacken. »Seit einem guten halben Jahr. Seit drei Monaten lebe ich bei ihm in seinem Haus, weil es mit seiner Gesundheit langsam immer mehr bergab geht.«

Theis nickte. Es entstand eine kurze Pause. Von drinnen ertönten gedämpftes Stimmengemurmel und leise Musik.

»Es ist kein Geschenk, für den Alten zu arbeiten, oder?«, fragte er nach einer Weile.

Die Pflegerin blies den Rauch in die angenehme Nachtluft. Er waberte in Richtung der Laterne, in deren Licht ein Schwarm Mücken spielte.

»Ich habe schon mehr gelacht«, sagte sie ernst. »Der alte Herr ist manchmal reichlich unbequem. Scheucht mich ständig hin und her, kann es scheinbar nicht ertragen, wenn ich mich mal für fünf Minuten hinsetze. Und dafür zahlt er gerade mal zwanzig Cent mehr als den Mindestlohn. Ich muss wohl masochistisch veranlagt sein, dass ich mir das immer noch antue.« Sie stieß ein leises Lachen aus. »Ich hoffe, Sie verpetzen mich nicht bei Ihrem Schwiegervater.«

Theis stimmte in das Lachen ein. »Wohl kaum. Ich kenne Gunther Hansen jetzt seit zwei Jahren, und wenn ich eines gelernt habe, dann, dass er nahezu alles hasst. Die Politik, das Wetter, seine Medizin, das Essen – ganz besonders zu harte Brötchen und Fertigsuppen – und dass er beim Frisör geduzt wird und jedes Mal einen Kaffee angeboten bekommt, obwohl die Leute dort angeblich ganz genau wissen, dass er seit achtzig Jahren überzeugter Teetrinker ist. Wenn es eine Sache gibt, die er noch mehr hasst als das, bin ich es wahrscheinlich.«

Zu seiner Überraschung schüttelte Janne Holzmann den Kopf. »Das glaube ich nicht. Ich denke eher, dass Sie ihm vollkommen gleichgültig sind. Er spricht zu Hause nie von Ihnen. Nicht ein einziges Mal. Selbst in den letzten Tagen vor der Hochzeit seiner Tochter nicht.«

»Ignoriert zu werden ist vermutlich noch schlimmer als Hass.« Theis zuckte mit den Schultern. »Aber das juckt mich nicht. Ich betrachte es eher als eine Auszeichnung.«

»Vernünftige Einstellung«, antwortete sie und drückte ihren Zigarettenstummel an der Mauer neben ihr aus.

»Spricht er wenigstens manchmal von seiner Tochter?«, wollte Theis wissen. Die Frage war ihm spontan eingefallen. Vielleicht, weil er sich wünschte, dass es so wäre.

»Selten«, kam es aus dem Halbdunkel der Nische zurück. »Ich glaube, hätte ich ihn nicht irgendwann danach gefragt und wäre nicht irgendwann Ihre Einladung ins Haus geflattert, wüsste ich vermutlich bis heute nicht, dass er eine Tochter hat.«

»Das hatte ich befürchtet«, gab Theis zurück.

Janne trat einen Schritt vor und blieb direkt vor dem Gastgeber stehen. »Wobei ich mir sicher bin, dass er sie liebt. Nur hat er vermutlich nie gelernt, irgendwelche Gefühle zu zeigen, geschweige denn, überhaupt welche zuzulassen. Außer seinen Hass auf die Welt vielleicht.«

»Wie kommen Sie dann darauf, dass er Femke liebt?«, fragte Theis.

Sie sah ihn mit einem leisen Lächeln an. »Immerhin hat er ihr ein ziemlich großzügiges Geschenk gemacht. Und das tut man meiner Erfahrung nach nur, wenn man tatsächlich etwas für jemanden empfindet oder einfach nur seinen Verstand verloren hat.« Sie deutete zum Eingang hinüber. »Ich glaube, ich muss mich mal wieder drinnen sehen lassen. Es ist Zeit für seine Magentablette.« Sie zwinkerte ihm zu. »War nett, mit Ihnen zu plaudern.«

Theis nickte ihr zu und sah ihr für einen Moment nach. Asche löste sich von der Spitze seiner halb gerauchten Zigarette und wirbelte im leichten Nachtwind davon.

Beinahe hätte er die Pflegerin gefragt, worum es sich bei dem angeblich so großzügigen Geschenk gehandelt hatte. Aber darüber konnte er genauso gut direkt mit Femke sprechen. Und ganz sicher würde sie es ihm auch von sich aus erzählen. Ob das die Sache war, über die sie mit ihm sprechen wollte?

Theis hob die Zigarette zum Mund, nahm einen tiefen Zug und hörte das dünne Papier leise knistern.

Von drinnen aus dem Saal war ein musikalischer Tusch zu hören. Die Gäste klatschten.

Theis stieß sich von der Hauswand ab, die noch immer einen Teil Restwärme von der Hitze des Tages enthielt.

Beinahe widerwillig kehrte er zu den anderen in den Saal zurück und registrierte beiläufig, dass es schon kurz vor Mitternacht war.

Alle Gäste waren da. Nur die Braut fehlte.

Theis erinnerte sich an die warnenden Worte seines Trauzeugen und reagierte wenig überrascht.

Was ihn jedoch irritierte, war der Ausdruck in den Augen von Niklas Schrader und Christin Specht. Es lag Unruhe darin und eine nicht zu erklärende Verstörung. Zudem war offensichtlich, dass die beiden ihm etwas mitzuteilen hatten.

Theis beschloss, ihnen zuvorzukommen. »Was gibt es?«

Schrader, der als einer der Ersten sein Jackett abgelegt und den Krawattenknoten gelockert hatte, trat einen Schritt auf den Bräutigam zu. »Tja, Steffen«, begann er zögernd und sah dabei immer wieder seine Begleiterin an. »Ich weiß gar nicht, wie wir es dir beibringen sollen, aber … Femke ist verschwunden.«

Theis wartete ab, ob noch eine weiterführende Erklärung kam. Als diese ausblieb, fragte er: »Was meinst du damit – verschwunden?«

Niklas Schrader kratzte sich nervös an seinem dünnen Kinnbärtchen. »Ja, also … wir wissen nicht, wo sie steckt.«

Christin Specht nickte eifrig. »Niklas hat recht. Weißt du … wir wollten gerade mit Femke die Brautentführung besprechen. Wir hatten die Chance genutzt, als du draußen warst. Wir haben ihr gesagt, sie soll am Hinterausgang auf uns warten. Wir wollten uns nur eben besprechen. Aber als wir dann zum Ausgang kamen, war sie weg.«

»Schon klar«, gab Theis zurück. »Das hier gehört zu eurem kleinen Spielchen dazu, richtig? Ich muss euch allerdings ehrlich sagen, dass ich darauf nicht wirklich Lust habe.«

»Nein, nein, so ist es nicht«, beharrte Schrader. Etwas in seinem Ton ließ Steffen Theis aufhorchen.

Das Pärchen tauschte verstörte Blicke miteinander. »Wir hatten Femke erklärt, was wir vorhaben«, fuhr Christin Specht fort. »Und sie war einverstanden. Aber als es losgehen sollte, war sie nicht mehr da.«

»Und was genau war es, was ihr geplant hattet?«, fragte Theis.

»Eine Schnitzeljagd rund um das Hotel«, antwortete Schrader. »Also nichts Großes. Du solltest Femke ganz am Ende in unserem Zimmer finden.«

»Wie spaßig«, gab Theis zurück. »Ich sag euch was: Femke wird wahrscheinlich ebenso wenig Lust auf die Sache gehabt haben wie ich. Sie hat sich rechtzeitig verkrümelt.«

»Haben wir auch gedacht«, antwortete Christin. »Aber dann müsste sie ja trotzdem irgendwo sein. Ist sie aber nicht. Weder drinnen noch draußen. Wir haben sogar bei den Toiletten nachgesehen.«

»Und draußen auf der Straße«, fügte Schrader hinzu. »An ihr Handy geht sie übrigens auch nicht.«

Trotz alledem schöpfte Steffen Theis noch immer keinen Verdacht. Vielleicht hatte sich Femke nicht wohlgefühlt und sich deswegen einen ruhigen, abgeschiedenen Ort gesucht.

Inzwischen war Mitternacht vorbei, und Theis probierte nun ebenfalls sein Glück, indem er mit seinem Handy die Nummer seiner Frau anwählte. Es klingelte drei- oder viermal, dann sprang die Mailbox an. Theis hinterließ eine kurze Nachricht und steckte sein Telefon wieder weg.

Er verließ den Gastraum und wandte sich an den Mann hinter dem Tresen. »Haben Sie in der letzten Stunde zufällig die Braut gesehen?«

Der Angesprochene musste nicht lange überlegen. »Vor einer guten Stunde etwa. Sie ist da hinten zur Tür raus.« Er deutete einen langen Korridor hinunter, an dessen Ende sich eine Tür befand, die im Augenblick geschlossen war.

»Sie haben sie aber nicht zurückkommen sehen?«, hakte Theis nach.

Hier geriet der Mann ins Grübeln. »Nein«, antwortete er nach einer Weile, »allerdings war ich auch nicht durchgehend hier. Haben Sie schon mal bei sich auf dem Zimmer nachgesehen?«

Steffen Theis bedankte sich für den Tipp, auch wenn er eher weniger hilfreich war, was der Mann allerdings nicht wissen konnte.

Plötzlich stieg in Theis ein Gefühl der Unruhe auf. Eine Besorgnis, die in seinem Innern um sich zu greifen begann und dabei immer weitere Kreise zog.

Tausend Gedanken schossen ihm durch den Kopf. Was war es, über das Femke mit ihm hatte reden wollen? Und schließlich landeten seine Überlegungen wieder bei Leonie und ihren seltsamen Andeutungen. Ärgerlich schüttelte Theis den Kopf, als könne er dadurch die unliebsamen Gedanken verbannen.

Eine weitere halbe Stunde verging, ohne dass die Braut zur Feier zurückkehrte. Anrufe und Nachrichten blieben weiter unbeantwortet.

Theis wandte sich nun offen an seine Gäste, doch niemand wollte Femke in der letzten Zeit gesehen haben. Offenbar waren Niklas Schrader und Christin Specht die Letzten, die mit ihr gesprochen hatten.

Die Musik wurde abgestellt. Mit einem Mal wurde es totenstill im Saal.

»Okay«, entschied Steffen Theis mit fester Stimme, »ich werde losgehen und nach ihr suchen. Kommt jemand mit?«

Es folgten spontan mehrere Rückmeldungen. Alle bis auf Femkes Vater und Janne Holzmann, die bei ihm bleiben wollte, erklärten sich bereit, sich an der Suche nach der Braut zu beteiligen.

»Vielleicht wäre es gut, wenn wir uns aufteilten«, warf Nettie Küster ein. Schnell fanden sich die Gäste zu Zweiergruppen zusammen.

Als Theis zusammen mit Jan Brohm vor die Tür ging, stellte er fest, dass sein Puls schneller als normal ging. Das ungute Gefühl in seinem Magen hatte sich zu einer dunklen Vorahnung verdichtet.

Die beiden Männer bogen links auf die Süderloog ein. Die Straßen waren um diese Zeit wie ausgestorben, sodass die Geräusche, die ihre harten Absätze auf den Pflastersteinen erzeugten, als unheimliche Echos von den Häuserwänden zurückgeworfen wurden.

Anfangs hörten sie hin und wieder noch die Schritte oder Stimmen der anderen Suchenden, doch nach und nach schienen sie alle immer weiter auseinanderzudriften, bis Theis und Brohm allein waren.

Sie näherten sich dem kreisrunden Platz vor dem Rathaus, der um diese Zeit nur spärlich beleuchtet war. Auch er war menschenleer, nirgends rührte sich etwas.

»Ich begreife das nicht«, sagte Theis nach einer Weile. Er hatte die Hände in die Hüften gestemmt und sah sich nach allen Seiten um. »Was ist bloß los mit ihr? Und wo zum Teufel steckt sie?«

»Ich habe keine Ahnung«, gab Brohm zurück. »Sie scheint wirklich niemandem etwas gesagt zu haben. Das klingt jetzt zwar etwas merkwürdig, aber … glaubst du, dass sie vielleicht eine Verabredung hatte?«

»Tatsächlich habe ich auch schon daran gedacht«, antwortete Theis, »aber ich wüsste beim besten Willen nicht, wo oder mit wem. Und noch dazu in ihrem Hochzeitskleid.«

Aus einem Akt der Verzweiflung heraus zückte er nochmals sein Handy und betätigte die Wahlwiederholung.

»Reichlich seltsam, das Ganze«, bemerkte Brohm, der sich ebenfalls immer wieder umsah. »Ich meine, sie kann doch nicht einfach so verschwunden sein. Sie muss doch …«

Er führte seinen Satz nicht zu Ende, da Steffen Theis mit einem Mal hektisch mit seiner freien rechten Hand gestikulierte.

»Sei mal leise! Ich glaube, ich habe etwas gehört!«

Theis hielt sein Handy ein gutes Stück von seinem Ohr weg. Beide Männer lauschten gebannt in die Dunkelheit.

»Da ist tatsächlich etwas«, flüsterte Brohm. »Ein Handyklingeln. Ich glaube, es kommt aus der Richtung dort.« Brohm deutete zu dem Pavillon auf dem Rathausplatz hinüber, der im Halbdunkel lag.

Die beiden Männer legten die wenigen Meter mit hastigen Schritten zurück. Tatsächlich verstärkte sich das Klingelgeräusch eines Handys, je näher sie dem weißen Holzgebäude kamen.

Sie stiegen die beiden gemauerten Stufen hinauf. Das Erste, was sie wahrnahmen, war das seltsame Leuchten aus dem Innern.

Steffen Theis schnellte zwei Schritte vor und presste sein Gesicht gegen die Glasscheiben. Das angerufene Handy lag mitten im Pavillon auf dem Boden und erhellte durch das Licht des Displays seine nähere Umgebung.

Femke Theis saß daneben. Sie hockte reglos auf einem Stuhl. Der Saum ihres Hochzeitskleids flutete den Boden rings um sie herum.

Steffen Theis stockte der Atem. Seine Augen verengten sich zu Schlitzen, als sie versuchten, das Unglaubliche zu erfassen. Dann löste sich ein Schrei des Entsetzens aus seiner Kehle.

Kapitel 5

»Es war wirklich ein ganz besonders netter Abend. Wir sollten das bei Gelegenheit wiederholen.«

Wiebke Eden lächelte dem Mann in ihrer offenen Haustür zu.

Der Fischer Leve Kuiper zwinkerte ihr mit einem Grinsen zu. »Sehr gern. Was machst du am kommenden Wochenende? Lust auf Kino und danach vielleicht einen kleinen Happen irgendwo?«

»Kleine Happen klingen gut«, meinte die Inselkommissarin. »Alles andere auch.«

»Klasse«, antwortete der braungebrannte Kuiper. Sein Blick verlor sich in ihren haselnussbraunen Augen.

Wiebke trat einen Schritt auf ihn zu. Ihre Hand streichelte über seinen Unterarm und die Hand, mit der er die Türklinke umklammerte. »Es war wirklich sehr schön. Und danke für die wundervollen Blumen.«

Er zuckte mit den Schultern. »Freut mich, wenn sie dir gefallen. Also dann: Bis nächsten Samstag. Spätestens.«

»Allerspätestens«, verbesserte Wiebke Eden.

Sie sahen sich an. Wiebke fühlte sich zu dem jungen Mann hingezogen. Und das nicht nur, weil er ihr vor einiger Zeit das Leben gerettet hatte, als es ihr endlich gelungen war, sich von ihrem Albtraum Marko Heller zu befreien – der Fall, der sie seit so vielen Monaten verfolgt hatte.

Wiebke bewegte ihren Oberkörper nach vorn, ihr Gesicht war jetzt so nah an seinem, dass sie seinen Atem spürte. Ihre Lippen öffneten sich.

Ihr Handy zerstörte diesen kostbaren, zärtlichen Augenblick bereits mit dem ersten Klingeln. Wiebke Eden zuckte unwillkürlich zusammen und fuhr herum. Das Telefon lag auf der kleinen Kommode im Flur, wo sie es irgendwann am frühen Abend abgelegt und ganz schnell vergessen hatte.

»Ich fürchte, das ist dienstlich«, sagte sie leise. »Ich erkenne es am Klingelton.«

Sie warf Kuiper einen entschuldigenden Blick zu.

Er hob lachend die Hände. »Wir holen das alles nach, okay? Spätestens nächste Woche.«

»Sehr gern«, antwortete sie und sah ihm für zwei Sekunden nach, wie er sich von ihrem Eingang löste und in die Dunkelheit hinaustrat.

Sie drehte sich um, trat an die Kommode heran und legte sich ihr Handy ans Ohr.

Der Anruf konnte tatsächlich dienstlicher nicht sein. Es war in der Nacht zu einem Todesfall auf der Insel gekommen. Die näheren Umstände hingegen waren noch unklar. Die junge Kollegin von der Notrufzentrale auf dem Festland versorgte die Inselkommissare mit den ihr vorliegenden spärlichen Informationen.

Als Wiebke Eden auflegte, wählte sie sofort die Nummer ihres Kollegen und Vorgesetzten Hauptkommissar Hinrich Mattern.

Es klingelte lange, bis die Verbindung am anderen Ende angenommen wurde.

»Hm?«

»Wiebke Eden hier. Sind Sie das, Mattern?«

»Hm!«

»Tut mir leid, dass ich so spät noch störe, aber wir haben eine Tote auf der Insel. Genauer gesagt im Pavillon am Rathaus.«

Wiebke hörte ein Rascheln in der Leitung, dann ein griesgrämiges Schnaufen. »Weiß man schon was über die näheren Umstände?«

»Nicht viel«, räumte die Kommissarin ein. »Es handelt sich um eine Schusswunde. Ob mit oder ohne Fremdeinwirkung lässt sich anhand der Informationen noch nicht abschließend sagen.«

Wiebke horchte in den Lautsprecher ihres Handys. Irgendwo im Hintergrund von Matterns Wohnung waren Schüsse zu hören. Kurz darauf eine Polizeisirene und quietschende Reifen.

»Sind Sie noch da, Mattern?«

»Ich habe den Fernseher laufen. *Tote schlafen fest* mit Bogart und Bacall. Gleich kommt die Szene, wo Bogart den Buchladen auf der anderen Straßenseite betritt.«

»Die werden Sie wohl sausen lassen müssen«, antwortete Wiebke Eden.

Durch ihren Lautsprecher drang ein tiefer Seufzer. Dann wieder ein Rascheln, gefolgt von Matterns dunkler Stimme: »Ich bin in einer Viertelstunde da.« Ohne ein weiteres Wort hatte der Hauptkommissar aufgelegt.

Wiebke starrte für zwei Sekunden auf das Display ihres Handys, bevor sie es zurück auf die Kommode legte.

Sie rauschte ins Bad, schminkte sich ab und zog sich in Windeseile um. Sie wollte nicht den Eindruck erwecken, sie käme geradewegs von einem Date.

Sie verließ ihr Haus, das sich schräg gegenüber von der Alten Inselkirche befand. Dort stieg sie auf ihr Fahrrad. Bis zum Rathaus benötigte sie gerade mal zwei Minuten.

Als sie den Pavillon erreichte, hatte sich dort bereits eine Traube von Menschen gebildet. Auffällig war, dass sie alle festliche Kleidung trugen. Es handelte sich um eine Hochzeitsgesellschaft, dies immerhin hatte ihr die Kollegin vom Festland bereits mitteilen können.

Der Trauzeuge des Bräutigams, ein gewisser Jan Brohm, hatte die Polizei verständigt, nachdem die beiden unvermittelt auf die Tote gestoßen waren.

Die Kommissarin stellte ihr Fahrrad ab und hielt sofort auf die Menge zu. Einige Personen traten beiseite, als sie in ihr die zuständige Beamtin erkannten.

Wiebkes Blick fiel umgehend auf zwei Männer, die sich direkt am Pavillon befanden. Einer von ihnen saß, das Gesicht in den Händen verborgen, auf der Bank, neben der sich ein ausladender Rhododendronbusch erhob. Neben ihm stand ein junger Mann im Anzug, das Jackett über der Schulter. Er trat nervös von einem Bein auf das andere und hatte Wiebke bereits entdeckt, noch bevor sie die Männer ganz erreicht hatte.

Sie stellte sich mit Namen und Dienstgrad vor. »Ich bin so schnell gekommen, wie ich konnte«, erklärte sie und wandte sich an den stehenden der beiden Männer. »Sind Sie Herr Brohm?«

Der Angesprochene nickte. »Ich … ich habe die Polizei verständigt, nachdem wir sie gefunden hatten.«

»Was genau ist passiert?«, fragte sie.

Brohm warf einen flüchtigen Blick zur Fensterwand des Pavillons hinüber. »Wir haben sie da drin gefunden. Femke Hansen … Entschuldigung … Theis. Sie … die beiden haben am Nachmittag erst geheiratet.«

»Wo ist die Tote?«, fragte Wiebke, obwohl sie die Antwort bereits zu kennen glaubte.

Brohm deutete zur angelehnten Tür des Pavillons hinüber.

Wiebke nickte. »Demnach sind Sie Herr Theis?«

Der Mann auf der Bank hob langsam den Kopf und sah sie aus verloren wirkenden Augen an. Sein Gesicht war tränennass. Langsam brachte er ein Nicken zustande.

»Die Tote da drin ist meine Frau«, sagte er leise, beinahe tonlos.

»Bleiben Sie bitte hier, bis ich mir ein Bild gemacht habe«, sagte die Kommissarin. Sie gab Brohm ein Zeichen. »Vielleicht kommen Sie besser mit mir. Ich werde sicher Fragen an Sie haben.«

Brohm nickte eifrig und folgte Wiebke Eden zum Eingang des Pavillons.

Die Ermittlerin schaltete eine mitgebrachte Taschenlampe ein und hielt auf den Eingang zu. »Die Tür ist aufgebrochen worden«, stellte sie nach einer kurzen Untersuchung fest.

»Das waren wir«, erklärte Brohm. »Genauer gesagt Steffen. Herr Theis, meine ich. Wir hatten zuerst durch das Fenster da gesehen. Und da saß sie … auf einem Stuhl. Das Kleid voller Blut. Wir … wir wussten nicht, was wir tun sollten. Ich meine … wir wussten nicht mit Sicherheit, dass sie tot war. Wir haben gedacht … dass wir vielleicht noch helfen können.«

»Ich verstehe«, gab die Kommissarin zurück. »Kommen Sie zwei Schritte mit herein. Bleiben Sie am besten da bei der Tür stehen.«

Brohm gab ein Zeichen, dass er verstanden hatte.

Wiebke Eden ließ den Strahl ihrer Taschenlampe über das Innere des Pavillons wandern. Das Bild, das sich ihr bot, hatte etwas Abstoßendes. Die Braut saß in ihrem Hochzeitskleid auf einem Stuhl. Ihr Dekolleté war von Blut besudelt. Der Kopf der Frau war auf den Brustkasten gesunken. An der linken Schläfe befand sich ein kreisrundes Einschussloch.

Ihr linker Arm hing schlaff am Stuhl herunter. In ihrer Hand hielt die Frau eine Pistole. Ein sehr schwacher Geruch von Pulverdampf lag noch immer in der Luft.

Wiebke Eden beugte sich vorsichtig über die Tote. Es war offensichtlich, dass die Frau tot war, und dies sicher schon seit weit über einer Stunde. Die Kommissarin hatte bereits einige tödliche Schusswunden in ihrem Leben gesehen. Sie wusste auch, was eine Kugel mit dem Kopf eines Menschen anrichten konnte und dass die Austrittswunde die weitaus grässlichere war. Diese befand sich auf der rechten Schädelseite.

Wiebke warf einen kurzen Blick darauf, gerade lange genug, um zu wissen, was sie wissen musste.

Diese Frau war infolge des Schusses, der Kugel, gestorben, die seitlich durch ihren Kopf gedrungen war. An der linken Schläfe fanden sich die typischen Schmauchspuren, die entstanden, wenn sich eine Person die Mündung der Waffe direkt auf die Haut aufsetzte.

Wiebke Eden wandte sich zu Brohm um. »Als Sie und Herr Theis den Pavillon erreichten, war die Tür da verschlossen?«

Brohm machte ein betroffenes Gesicht. »Soweit wir gesehen haben, lässt sich die Tür gar nicht abschließen. Aber jemand … also vermutlich Femke … hatte einen Holzkeil von der Innenseite davor gelegt. Steffen und ich mussten die Tür halbwegs aus den Angeln heben, um reinzukommen.«

Wiebke nickte. »Wann genau war das? Wissen Sie das noch?«

»Es war kurz nach ein Uhr. Vielleicht fünf nach eins.«

»Sie kommen direkt von der Feier, wie es aussieht? Wo fand die statt?«

»Nicht weit von hier. Im *Hotel Strandglück*.« Der Trauzeuge deutete mit seinem Daumen über die rechte Schulter hinweg.

»Was macht sie dann hier?«

Brohm nagte nachdenklich an seiner Unterlippe. »Das wissen wir leider nicht. Femke war plötzlich verschwunden. Anfangs hielten wir es noch für einen Scherz. Sie wissen schon: die Entführung der Braut und so. Aber wie sich herausstellte, wusste plötzlich niemand mehr, wo Femke war. Da sie auch nicht an ihr Handy ging, haben wir irgendwann zusammen entschieden, sie zu suchen.«

»Hatten Sie den Verdacht, dass sie hier im Pavillon sein könnte?«, fragte die Kommissarin.

»Nein«, kam es sofort zurück. »Dass wir sie hier entdeckt haben, war reiner Zufall. Steffen hat sie immer wieder angerufen. Und irgendwann haben wir ihr Handy klingeln hören. Und dann … haben wir sie hier gefunden. Aber da war es schon zu spät.«

Wiebke nickte. Sie wandte sich von der Leiche ab und trat ein paar Schritte auf Brohm zu. »Gab es während der Feier irgendwelche Vorkommnisse? Ich meine, war in irgendeiner Weise zu ahnen, dass etwas passieren könnte?«

Brohm schüttelte den Kopf. Er wirkte regelrecht erschrocken. »Nein, ganz und gar nicht. Die Feier verlief normal. Es gab einen kurzen Zwischenfall vor der Trauung, aber … das war nichts Besonderes.«

Die Kommissarin horchte auf. »Was für ein Zwischenfall?«

»Eine alte Freundin von Steffen ist plötzlich bei ihm im Hotel aufgetaucht. Sie hat etwas davon gefaselt, dass jemand heute Abend sterben könnte.«

»Wie bitte?« Wiebke Eden machte große Augen.

Brohm winkte ab. »Es war nichts. Nur so ein spiritueller Unsinn, wissen Sie? Leonie – das ist der Name der Freundin – hat sich bei einer Wahrsagerin die Karten legen lassen. Keiner von uns hat daran geglaubt. Jetzt allerdings …« Er stockte und wandte seinen Blick von der Leiche ab.

»Wo ist diese Frau jetzt?«, fragte Wiebke. »War sie auch bei der Feier?«

»Nein, Gott bewahre. Sie war nicht eingeladen.«

»Aber sie war auf der Insel?«

Brohm nickte. »Das schon. Aber ich habe keine Ahnung, wo sie jetzt steckt.«

»In Ordnung.« Wiebke Eden deutete auf die Tür des Pavillons. »Sie könnten mir einen großen Gefallen tun und die Gäste der Feier bitten, zurück ins Hotel zu gehen und sich dort zu unserer Verfügung zu halten. Mein Kollege und ich werden in spätestens einer Stunde dort sein.«

»Ist gut.« Brohm wollte sich zum Gehen wenden, drehte sich an der Tür aber noch einmal um. »Was soll ich Steffen sagen? Er ist völlig von der Rolle.«

»Das Schlimmste hat er ja bereits selbst in Erfahrung gebracht«, antwortete Wiebke. »Kümmern Sie sich ein wenig um ihn. Nehmen Sie ihn mit und warten Sie im Hotel auf uns.«

Brohm nickte und verschwand. Wiebke Eden hörte ihn draußen leise auf den Bräutigam, der in dieser Nacht zum Witwer geworden war, einreden.

Vor dem Pavillon herrschte betretenes Schweigen, eine beklemmende Stille, die nur hin und wieder von leisem Stimmengemurmel unterbrochen wurde.

Nach und nach löste sich die Menschentraube auf. Sie wurde abgelöst von einem einsamen Radfahrer, der seinen altgedienten Drahtesel vor dem Pavillon abstellte. Schwere Schritte näherten sich. Hauptkommissar Hinrich Matterns massige Gestalt tauchte im Eingang auf. Der Beamte blickte sich verwundert um.

»Seit wann gibt es hier eigentlich eine Tür und rundum Fenster?«

»Soweit ich weiß, wurden die erst vor wenigen Wochen eingesetzt«, antwortete Wiebke Eden. »Ich glaube, anlässlich einer Veranstaltung. Das Ganze ist vermutlich auch nur vorübergehend.«

Mattern nickte grimmig. Sein Haar stand von seinem Hinterkopf ab. Wahrscheinlich hatte er seinen Film im Liegen geschaut, überlegte Wiebke.

Der Hauptkommissar trat in die Mitte des stillen Pavillons und gab einen tiefen Seufzer von sich. »Ich habe schon vieles in meinem Leben gesehen, aber das hier ist wirklich eine Schande.«

Wiebke warf ihrem Vorgesetzten einen fragenden Blick zu.

Mattern deutete auf die Tote. »Ich meine das hier. Dieser Tag sollte der glücklichste in ihrem Leben werden. Und jetzt ist etwas daraus geworden, das man nicht mal in seinen schlimmsten Albträumen erleben will.«

Wiebke Eden trat an seine Seite und versorgte ihn mit den Informationen, die sie bis zu diesem Zeitpunkt zusammengetragen hatte.

»Sie hat sich also von der Feier abgesetzt«, fasste Mattern zusammen. »Und dann ist sie ausgerechnet hierher gelaufen. Warum?«

»Vielleicht, weil sie allein sein wollte, um … na ja, um das hier zu tun«, antwortete Wiebke.

»Warum ausgerechnet hier?«

»Ich weiß es nicht. Vielleicht hatte sie einen besonderen Bezug zu diesem Ort.«

Mattern nickte nachdenklich, während er sich über die Tote beugte und dabei immer wieder leise, plattdeutsche Flüche ausstieß.

»Oder sie hatte eine Verabredung mit jemandem«, schob die Kommissarin hinterher.

Mattern drehte sich zu ihr um. »Haben Sie eine Idee, wer das gewesen sein könnte?«

»Nein. Im Augenblick noch nicht. Dazu wissen wir einfach zu wenig.«

»Sind das ihre Habseligkeiten?«, fragte er und deutete auf die kleine Damenhandtasche, die über der Stuhllehne hing.

»Ich hatte noch keine Zeit, mir das näher anzusehen«, räumte die Kommissarin ein.

Ihr Vorgesetzter nickte, zückte ein blütenweißes Taschentuch und öffnete damit vorsichtig den Schnappverschluss. Mit spitzen Fingern durchsuchte er den Inhalt der Tasche. »Das sieht sehr übersichtlich aus«, bemerkte er. »Taschentuch, Lippenstift, Lippenbalsam, eine angebrochene Packung Kaugummis und einer von diesen Schminkstiften – Mascarpone.«

»Mascara«, stellte Wiebke richtig.

Mattern stemmte seine Hände in die Hüften und ließ seinen Blick durch das Innere des Pavillons wandern. »Wir können wohl davon ausgehen, dass es sich um Selbstmord handelt. Der Pavillon war durch den Holzkeil von außen nicht zugänglich. Die Tür musste von den beiden Männern erst gewaltsam geöffnet werden. Und was unsere traurige Schöne hier angeht …«, Mattern deutete erneut auf die Tote, »so hält sie die Waffe noch in der Hand. Dazu die Schmauchspuren an der Schläfe, die unbedingt darauf hindeuten, dass die Waffe direkt aufgesetzt worden ist.«

»Sind Sie sicher, dass hier niemand hereinkonnte?«, fragte Wiebke Eden mit einem skeptischen Unterton.

Mattern bewegte sich zur Seite und klopfte nacheinander die Glaselemente ab. Sie alle waren fest verankert. Die neuen Fenster waren mit je einem kleinen Riegel von innen verschlossen. Keines davon hätte von außen geöffnet werden können.

»Im Augenblick bin ich mir sogar ziemlich sicher. Sehen Sie die Sache etwa anders?« Mattern war stehen geblieben und hatte sich zu seiner Kollegin umgedreht.

Wiebke Eden schüttelte nachdenklich den Kopf. »Es will mir einfach nicht in den Sinn, warum sie so etwas getan hat. Wenn sie einen derartigen Kummer gehabt hätte, dann wäre die Hochzeit doch sicher im Vorfeld abgesagt worden. Ich meine … keine Frau heiratet, wenn sie schon genau weiß, dass sie sich in der darauffolgenden Nacht umbringen wird. Finden Sie das nicht auch äußerst merkwürdig?«

Mattern zuckte mit den Schultern. »Was weiß ich denn, was in den Leuten vorgeht? Es gibt Tage, an denen ich mich selbst nicht verstehe.«

»Da ist noch etwas, das mich stutzig macht«, fuhr die Kommissarin fort.

»Und das wäre?«

»Dieser Holzkeil. Er sieht nicht aus, als würde er hierhergehören. Für mich wirkt es eher so, als hätte ihn jemand mit hierhergebracht, um …« Sie brach kurz ab.

Mattern sah seine Kollegin aufmerksam an. »Um was zu tun?«

»Um uns voll und ganz davon zu überzeugen, dass außer Femke Theis keine andere Person beteiligt war. Niemand hätte es fertigbringen können, die Frau zu erschießen und den Pavillon dann so zu verlassen, dass der Keil an der Stelle steckt, wo wir ihn gefunden haben.«

»Angenommen, Sie haben recht«, antwortete Mattern, »nur mal ins Blaue hinein gedacht, es gab diese andere Person, und die Braut hat keinen Suizid verübt: Wie soll der Täter es dann fertiggebracht haben, den Tatort wieder zu verlassen?«

Die Kommissarin sah sich um, blickte sogar zur Decke hinauf, nur um anschließend den Kopf zu schütteln.

»Wir sollten zuerst mit den Leuten im Hotel reden«, entschied Wiebke. »Vielleicht erfahren wir dabei mehr über die möglichen Hintergründe.«

»Klingt ganz so, als könnte das eine lange Nacht werden«, antwortete Mattern.

Sie verließen den Pavillon, nur um das Feld den wenig später eintreffenden Kolleginnen und Kollegen von der Spurensuche zu überlassen. Mattern hatte das Team vom Festland noch von zu Hause aus angefordert.

Über den Platz vor dem Rathaus wehte ein leichter Wind. Ansonsten war alles still. Keines der Fenster der umliegenden, meist öffentlichen Gebäude und Geschäfte war um diese Zeit noch erleuchtet.

Die beiden Inselkommissare wechselten ein paar Worte mit den Kollegen, bevor sie sich abwandten. Sie wollten gerade ihre Fahrräder besteigen, als Mattern aus dem Augenwinkel heraus eine Bewegung im breiten Eingang des Rathauses wahrnahm.

Er ließ das Rad stehen und bewegte sich auf die Stelle zu.

Ein Schatten löste sich aus dem Eingangsbereich und wollte sich in Richtung der Laubbäume neben dem Gebäude absetzen.

»Halt! Bleiben Sie stehen!« Die Stimme des Hauptkommissars dröhnte über den Platz. Mattern beschleunigte seine Schritte und jagte hinter der fliehenden Gestalt her.

Kurz vor der Baumgruppe hatte er sie eingeholt und bekam einen Arm zu fassen. »Hiergeblieben!«

Eine junge Frau starrte ihn aus großen Augen verängstigt an.

»Inselpolizei, mein Name ist Mattern. Darf ich fragen, was Sie hier tun?«

Die Frau in dem violetten Kleid antwortete nicht.

Inzwischen hatte sich auch Wiebke Eden der Stelle genähert. Mattern registrierte ihre Bewegungen und drehte seinen Kopf in ihre Richtung. »Hier haben wir eine recht neugierige Person, wie mir scheint. Leider ist sie bisher auch genauso stumm.«

Wiebke Eden erkannte, wie es aufgeregt im Blick der anderen flackerte. Sie trat einen Schritt auf die beiden zu und bedeutete Mattern, die Frau loszulassen.

Ihr Vorgesetzter ließ es nur widerwillig geschehen.

Die Fremde wich einen zaghaften Schritt zurück, blieb dann jedoch stehen und sah der Kommissarin scheu entgegen.

Wiebke sah ihr direkt in die Augen.

»Sind Sie Leonie?«

Kapitel 6

Wiebke Eden öffnete die Tür zu dem kleinen Büro und schaltete das Licht ein. Draußen vor dem Fenster herrschte noch Dunkelheit, die jedoch nicht mehr lange andauern würde. In etwas mehr als zwei Stunden würde es bereits hell werden.

Über der Insel war ein Sommergewitter aufgezogen. Hin und wieder zuckten grelle Blitze über den Himmel und tauchten die Welt vor dem Hotelfenster in ein fahles, unwirklich erscheinendes Licht. Das dumpfe Donnergrollen ließ nicht lange auf sich warten.

»Bitte setzen Sie sich.« Die Kommissarin deutete auf einen freien Stuhl.

Leonie Decker gehorchte. Sie trat zwei Schritte vor und ließ sich auf dem Büromöbel nieder.

Der Inhaber des Hotels hatte diesen Raum auf Wiebkes Anfrage hin bereitwillig zur Verfügung gestellt.

Die Polizistin schloss die Tür. Für einen Moment herrschte absolute Stille in dem kleinen Büro.

Wiebke wanderte zu dem Schreibtisch hinüber und setzte sich in Ermangelung eines zweiten Sitzmöbels auf dessen Ecke.

»In Ordnung. Am besten, Sie erzählen mir jetzt noch einmal in aller Ruhe, was Sie eigentlich auf der Insel tun und insbesondere, was Sie heute Nacht bei dem Pavillon gemacht haben.«

Leonie Decker sah verloren aus, wie sie in dem Kunstlederstuhl saß, auf ihre Schuhspitzen hinunter starrte und dabei hin und wieder verlegen an ihrem Kleid herumzupfte.

»Ich hätte es nicht tun dürfen«, flüsterte Leonie Decker, während ein Blitz die Dunkelheit zerteilte. Der darauffolgende Donnerschlag ließ die junge Frau zusammenzucken.

»Was genau meinen Sie?«, hakte Wiebke nach.

»Ich hätte nicht hierherkommen dürfen«, antwortete Leonie. »Es war falsch. Und … ich hätte das Unaufhaltsame doch nicht verhindern können.«

»Sie sprechen von dem Todesfall. Woher kam Ihre Ahnung, dass etwas passieren könnte?«

»Die Karten haben es vorhergesagt«, antwortete Leonie leise, beinahe ehrfürchtig. Ein Lächeln huschte wie ein Schatten über ihr Gesicht und war sofort wieder verschwunden. »Ich weiß, was Sie davon halten oder darüber denken. Ich bin es gewohnt, belächelt zu werden. Aber ich glaube nun mal daran. Und wieder einmal hat sich die Stimme des Universums bewahrheitet.«

»Ich lache nicht über Sie«, stellte die Kommissarin richtig. »Ich versuche nur, etwas über Sie herauszufinden. Warum sind Sie nach Spiekeroog gekommen?«

»Ich weiß es nicht genau. Vielleicht, um Steffen zu warnen.«

»Wovor zu warnen?«

»Ich wollte ihm raten, achtsam zu sein. Auf sich … und auf seine Frau. Verstehen Sie, ich wollte ihm die Hochzeit nicht ausreden. Ich fürchte, dass er es so verstanden hat. Aber das war nicht mein Ziel.«

»Sie waren früher mit Herrn Theis zusammen«, fuhr Wiebke Eden fort. »Zumindest haben Sie mir das auf dem Weg hierher erzählt. Lieben Sie ihn noch immer?«

Leonie sah auf. Ihr Blick ging dabei ins Leere. Wie es schien, dachte sie eine Weile über diese Frage nach.

»Ich weiß es nicht«, antwortete sie leise. »Ich weiß es wirklich nicht. Ich denke, ich habe nie aufgehört, etwas für ihn zu empfinden, aber … ich habe die Dinge trotzdem so akzeptiert, wie sie waren.«

»Nämlich?«

»Dass er eine andere liebte und … beabsichtigte, sie zu heiraten. Für mich war das okay. Ich denke, ein Teil von mir hat sich sogar für ihn gefreut. Ich habe immer gewollt, dass Steffen glücklich ist.«

»Auch wenn es für Sie bedeutete, dass er in unerreichbare Ferne für Sie rücken würde?«, fragte die Kommissarin.

»Ja. Ich glaube, ich hätte endlich damit anfangen können, die Trennung voll und ganz zu verarbeiten.« Leonie Decker strich über den Stoff ihres Kleids, der sittsam ihre Oberschenkel bedeckte.

»Sie waren also heute Nachmittag bei Herrn Theis im Hotelzimmer, um mit ihm zu sprechen. Wie hat er reagiert?«

»Er hat mich rausgeworfen«, antwortete Leonie. »Er hat sich zwar Mühe gegeben, mir zuzuhören, aber am Ende hat er mich angeschrien. Er nahm ein Glas und … warf es gegen die Wand.«

Wiebke Eden hob ihre rechte Augenbraue an. »Neigt Herr Theis zu solchen Aktionen?«

Leonie lächelte matt. Ihre Unterlippe zitterte leicht dabei. »Hin und wieder«, antwortete sie. »Solche Dinge haben mir früher immer Angst gemacht. Heute nicht mehr so sehr. Ich wusste ja, dass ich jederzeit gehen und die Situation verlassen konnte.«

»Was haben Sie getan, nachdem Sie das Hotelzimmer verlassen hatten?«, fragte Wiebke Eden.

Leonie Decker zuckte mit den Schultern. »Ich bin auf der Insel herumgelaufen. Ich fand ein kleines Lokal und habe eine Tasse Kaffee und ein Glas Wasser getrunken. Danach …« Sie brach ab.

»Was war danach?«

»Ich bin an den Strand gegangen«, sagte Leonie Decker schuldbewusst. Ein Donnerschlag erfüllte die Luft. Er hallte noch lange nach.

»Auch das war vielleicht ein Fehler«, schob Leonie hinterher, nachdem das Geräusch abgeebbt war. »Ich wollte nicht bei der Trauung dabei sein. Ich bin nur so am Strand entlanggeschlendert, war allein mit meinen Gedanken. Plötzlich registrierte ich, dass ich am Wasser stand und zu den anderen hinüber starrte. Und ich … ich fragte mich allen Ernstes, wie um alles in der Welt ich dorthin gekommen war. Ich glaube, Steffen hat mich gesehen. Und ich fürchte, er war von meiner Anwesenheit nicht sonderlich begeistert.«

»Können Sie seine Reaktion verstehen?«, fragte Wiebke.

Leonie nickte.

»Sind Sie auch auf der Feier gewesen?«, wollte die Kommissarin wissen.

Die Angesprochene riss die Augen auf. »Im Hotel, meinen Sie? Nein! Ich … ich wusste zwar, wo sie stattfinden würde, aber ich bin nicht dort gewesen.«

»Von wem wussten Sie es?«

»Von Jan. Jan Brohm. Er ist Steffens Trauzeuge. Die beiden sind alte Freunde. Sind schon zusammen zur Schule gegangen.«

»Ich verstehe«, antwortete die Beamtin. »Sie waren also nicht beim Hotel. Wie kam es dann, dass wir Sie genau an dem Ort angetroffen haben, an dem Frau Theis kurz zuvor den Tod fand?«

»Ich habe ein kleines Zimmer gemietet«, erklärte Leonie Decker. »Es liegt direkt an der Ecke der Straßen Wüppspoor und Westerloog. Als es langsam dunkel wurde, habe ich mich dorthin zurückgezogen.«

»Wann genau war das?«, hakte Wiebke Eden nach.

»Gegen halb elf. Ich bin auf mein Zimmer gegangen und habe mich hingelegt. Allerdings konnte ich nicht einschlafen. Es war furchtbar heiß unter dem Dach. Ich hatte das Fenster geöffnet. Und mit einem Mal hörte ich ein Geräusch. Es kam von draußen.«

»Was war das für ein Geräusch?«

Die Angesprochene wirkte unsicher. Ihr Blick suchte nach Hilfe, doch die Kommissarin blieb stur.

»Versuchen Sie, es zu beschreiben.«

»Es hörte sich an, als hätte jemand direkt unter meinem Fenster einen Sektkorken knallen lassen.«

»Sind Sie ganz sicher?«

Leonie Decker rutschte auf dem Stuhl hin und her. »Sicher bin ich mir nur, dass ich das Geräusch gehört habe. Aber ich wusste nicht, was es war. Ich bin sofort danach aufgestanden.«

»Haben Sie nicht aus dem Fenster gesehen?«, fragte Wiebke.

»Doch, das habe ich. Aber es befindet sich in einer Dachschräge. Man kann von dort nicht ganz herunter sehen.«

»Verstehe. Was taten Sie daraufhin?«

»Ich war mit einem Mal wieder hellwach. Ich schaltete das Licht ein und versuchte, etwas zu lesen. Ich glaube, ich war kurz eingenickt. Jedenfalls hatte ich einen seltsamen Traum. Ich kann mich nicht mehr an die Einzelheiten erinnern. Aber er hatte zu tun mit Steffen. Ich weiß, es klingt idiotisch, aber genauso war es. Ich hörte Steffen, wie er den Namen seiner Frau rief. Und plötzlich wurde mir klar, dass ich bereits nicht mehr träumte, sondern wach war. Ich hörte tatsächlich Steffens Stimme. Und die von Jan Brohm. Sie riefen nach Femke.«

»Was taten Sie dann?«

»Ich habe mich angezogen und bin nach unten vor die Haustür gegangen. Es war dunkel. Nun ja, fast dunkel. Aber ich sah drüben beim Pavillon zwei Schatten herumstreunen. Und dann … hörte ich plötzlich Steffen, wie er vor Entsetzen aufschrie.«

»Haben Sie sich den beiden Männern in irgendeiner Weise genähert?«

»Nein!« Die Antwort kam wie ein heiserer Aufschrei. »Nein, das hätte ich nie gewagt! Ich habe Steffens Stimme angehört, was los war. Und darüber hinaus musste ich nichts wissen, denn …«

»Sie wussten bereits, was geschehen war?«, half die Kommissarin aus, als Leonie nicht weitersprach.

Die Frau auf dem Stuhl nickte. »Die Karten hatten recht. Von Anfang an. Aber es wollte niemand auf mich hören.«

Kapitel 7

Das Gewitter hatte sich über den Ostfriesischen Inseln festgesetzt. Es klebte über ihnen wie ein warmes, feuchtes Tuch. Die Luft war drückend und schwül. Der Seewind brachte den Geruch von Regen mit und gleichzeitig die Hoffnung auf ein wenig Abkühlung.

Noch immer gingen in unregelmäßigen Abständen Blitze nieder. Sie spalteten die Nacht und rissen für Sekundenbruchteile die Umgebung schonungslos aus der Dunkelheit.

Zwei Männer standen, seltsam verloren wirkend, unter dem Vordach des Hotels und blickten in den langsam einsetzenden Regen hinaus. Schwere Tropfen klatschten auf die noch immer warmen Pflastersteine vor dem Gebäude und verdunsteten nahezu im selben Augenblick. Die Männer sahen dem Schauspiel im Schein einer einsamen Laterne für eine Weile schweigend zu.

»Sie bleiben also dabei?«, fragte Hauptkommissar Mattern, als ein dumpfes Donnergrollen abgeklungen war. »Es gab für Sie keinerlei Anzeichen dafür, dass Ihre Frau die Absicht hatte, sich das Leben zu nehmen?«

Steffen Theis starrte stur geradeaus. Die Regentropfen fielen jetzt in immer kürzeren Abständen zu Boden und erzeugten dabei trommelnde Geräusche.

»Es gab keine Anzeichen. Überhaupt keine. Ich habe keine Erklärung dafür, warum sie es getan hat.«

»Aber sie muss doch im Laufe des Nachmittages oder später auf der Feier etwas zu Ihnen gesagt haben«, beharrte Mattern. »Etwas, das darauf hindeutete, dass etwas mit ihr nicht in Ordnung war.«

Theis gab einen tiefen Seufzer von sich. »Unmittelbar nach der Trauung – wir waren noch am Strand –, da war sie noch immer auffallend nervös. Fast schon beunruhigt.«

»Haben Sie sie nicht gefragt, was los ist?«

»Natürlich habe ich das. Mehrfach sogar. Auch am Abend, während der Feier. Sie sagte, sie müsse etwas mit mir besprechen. Etwas Wichtiges. Aber sie wollte mir nicht sagen, was es war.«

»Sie hat keinerlei Andeutungen gemacht?«, hakte Mattern nach.

Der Witwer schüttelte den Kopf. »Nein, keine. Seit wir sie im Pavillon gefunden haben, zerbreche ich mir den Kopf darüber, was es gewesen sein könnte. Aber ich komme nicht drauf.«

»Hat Ihre Frau am Abend vielleicht mit anderen darüber gesprochen? Haben Sie zufällig etwas in dieser Art beobachtet?«

»Nein. Nicht, dass ich wüsste.«

Starkregen setzte ein. Er fiel wie aus dem Nichts wie ein Vorhang und erzeugte ein lautes Prasseln. Dabei verschleierte er die Sicht. Die Zufahrt zum Hotel verschwamm vor ihren Augen, die gesamte Umgebung verlor ihre Konturen, als würde sie gerade ausradiert werden.

Nur die unmittelbare Welt um sie herum, jene wenigen Quadratmeter unter dem schmalen Vordach, blieb unverändert und real.

»Wann haben Sie bemerkt, dass da etwas nicht stimmt?«, fragte Mattern in diese Kulisse hinein.

»Etwa um Mitternacht sollte die Brautentführung stattfinden. Freunde von uns, Niklas und Christin, hatten das organisiert. Aber da muss wohl etwas schiefgelaufen sein, denn sie wussten plötzlich selbst nicht mehr, wo Femke war. Sie war nicht mehr am vereinbarten Treffpunkt.«

»Wo war der?«

Theis deutete nach links hinüber. »Am Hinterausgang. So, wie ich die Sache verstanden habe, sollte Femke dort auf die beiden warten. Aber offensichtlich hat sie das nicht getan. Niklas und Christin kamen auf mich zu, um mir das zu beichten. Ich hielt es anfangs für ein Spiel.«

Mattern nickte und forderte den anderen auf, weiterzureden.

»Ich habe Femke angerufen, doch sie ging nicht an ihr Handy. Also fing ich an, sie zu suchen. Ich dachte, sie hätte sich vielleicht auf unser Zimmer zurückgezogen. Aber sie ist nicht da gewesen. Irgendwann, ich glaube, es war schon nach halb eins, fingen wir an, Gruppen zu bilden, um nach ihr zu suchen.«

»Sie haben sich Sorgen gemacht«, stellte der Hauptkommissar fest. »Das ist verständlich. War es denn ansonsten nicht Femkes Art, sich zurückzuziehen, und sei es nur für ein paar Minuten?«

»Nein«, antwortete Theis. »Sie hätte mir ganz sicher Bescheid gesagt.«

»Dann halten Sie es für möglich, dass dieses Verschwinden ungeplant war?«

Der Witwer wandte seinen Kopf in Richtung des Polizisten. »Was wollen Sie damit andeuten? Dass es sich um eine Entführung gehandelt hat? Eine echte, meine ich.«

Mattern erwiderte den Blick seines Gesprächspartners mit einem stoischen Gesichtsausdruck. »Ich versuche im Augenblick nur, die vorhandenen Möglichkeiten auszuloten, darüber nachzudenken, was Ihre Frau von hier fortgetrieben haben könnte.«

»Ich fürchte, damit vergeuden Sie nur Ihre Zeit«, antwortete Theis. In seiner Stimme schwang Verbitterung mit. »Femke war vermutlich die einzige Person, die wusste, warum sie zu diesem verdammten Pavillon gegangen ist.«

»Waren Sie beide schon einmal dort?«, fragte Mattern.

Theis blickte irritiert drein. »Ich weiß es nicht. Wir sind seit gestern auf Spiekeroog. Und ja, wir sind gestern viel auf der Insel unterwegs gewesen. Ich schätze, wir sind auch am Rathaus und damit am Pavillon vorbeigekommen. Warum fragen Sie danach?«

»Um genau das zu beantworten, was Sie sich auch bereits gefragt haben: Warum der Pavillon? Warum musste es ausgerechnet dieser Ort sein? Und warum unter diesen seltsamen Umständen?«

»Was genau meinen Sie?«, fragte Theis.

Mattern blickte in den Regen hinaus, der noch immer mit unverminderter Vehemenz niederprasselte. »So wie es aussieht, hat sie sich dort regelrecht verbarrikadiert. Von der

Innenseite war ein Holzkeil unter den schmalen Türschlitz geschoben worden. Sie und Herr Brohm haben die Tür beschädigen müssen, um überhaupt reinzukommen.«

»Ich weiß«, antwortete Theis gedämpft. Seine Stimme klang düster wie das dumpfe, mittlerweile entfernte Grollen des langsam abklingenden Gewitters.

»Ich habe noch eine sehr wichtige Frage«, fuhr Mattern fort. »Sie betrifft die Pistole, die Ihre Frau in der Hand hielt. Haben Sie die schon mal gesehen?«

»Nein«, antwortete Steffen Theis. »Wir haben nie eine Waffe besessen. Femke hat überhaupt keinen Bezug dazu. Ich hätte auch nie für möglich gehalten, dass sie überhaupt weiß, wie … nun ja … wie so ein Teil funktioniert.«

»Dann haben Sie also keine Ahnung, woher sie die Waffe gehabt haben könnte?«

»Nicht die geringste. Sie muss sie sich von irgendwoher besorgt haben. Vielleicht ist sie von hier aus dem Hotel.«

Mattern schürzte die Lippen und dachte für einen Moment über diese Worte nach.

»Dazu hätte sie wissen müssen, wo sie sich befindet.«

Theis wandte seinen Kopf. »Glauben Sie vielleicht, ich hätte ihr das Ding gegeben?«

»Wenn Sie es nicht waren, dann vielleicht jemand anderes.«

»Das ist mir zu hoch!« Steffen Theis wollte sich abwenden, doch er hatte keinen Ort, an den er gehen konnte, ohne nass zu werden. Und der Kommissar versperrte den Weg zurück ins Hotel.

»Was machen Sie beruflich, Herr Theis?« Die Stimme des Kommissars klang ruhig und sachlich.

»Ich arbeite in einem großen Hamburger Baumarkt und das schon seit über zehn Jahren. Wieso wollen Sie das wissen?«

»Und Ihre Frau? Was hat sie beruflich gemacht?«

»Beraterin in einem Jobcenter. Auch in Hamburg. Nochmal: Wozu …«

»Ich versuche mir nur ein Bild zu machen«, unterbrach der Kommissar. »Ich suche nach Anhaltspunkten, die für einen Selbstmord sprechen.«

»Ich sehe keine«, presste Theis mürrisch hervor. »Femke und ich waren glücklich. Wir haben nie Streit gehabt. Wir wollten sogar Kinder, verdammt nochmal!«

Der Witwer drehte sich um und schlug mit der Faust gegen die Hauswand. Es war eine kraftlose Bewegung. Seine Finger glitten am Mauerwerk herunter und verharrten dort eine Weile.

»Ich sehe, dass Ihnen all das nahegeht«, sagte Mattern ruhig und ohne sich zu rühren. »Deswegen will ich Sie nicht weiter mit Fragen quälen. Eine letzte muss ich Ihnen allerdings noch stellen. Sind Sie dazu bereit?«

Als sich Theis von der Wand löste, atmete er mit einem tiefen Seufzer aus. Sein Gesicht wirkte, als wäre es innerhalb von Minuten um Jahre gealtert.

»Was ist es?«

»Können Sie sich vorstellen, dass Ihre Frau ermordet worden ist?«

Ein seltsamer Ausdruck stahl sich in Theis' Blick. Seine Augen weiteten sich, während sich auf seiner Stirn mehrere wellenförmige Falten bildeten.

»Was sagen Sie da? Wie um alles in der Welt kommen Sie denn auf die Idee? Wer sollte Femke denn umgebracht haben?«

Mattern hob seine breiten Schultern und ließ sie langsam wieder sinken. »Das ist sicher eine unpopuläre Idee. Aber wenn nun mal weit und breit kein Grund für einen Selbstmord in Sicht zu sein scheint, bin ich als Beamter nahezu gezwungen, diesen einen Schritt weiter zu denken.«

»Mord«, flüsterte Theis, so als müsse er sich erst mit diesem Gedanken vertraut machen. »Sie denken allen Ernstes, Femke könnte umgebracht worden sein?«

»Es muss einen Grund geben, warum Ihre Frau tot ist. Und das ist weder die Pistole noch die Kugel, sondern das Motiv, warum die Waffe abgefeuert wurde.«

Kapitel 8

Der Festsaal verströmte nicht mehr die gleiche Atmosphäre wie noch vor wenigen Stunden. Niemand lachte mehr.

Einige Gäste hatten sich an den Tischen versammelt. Andere standen lieber oder lehnten sich gegen die Fensterwand, um die beiden Inselkommissare anzusehen.

Sie alle wirkten in ihren Kleidern und Anzügen so, als fühlten sie sich fehl am Platz.

Nettie Küsters gelegentliches leises Schniefen war für einen Moment das einzige Geräusch, das die drückende Stille durchbrach.

Hinrich Mattern und Wiebke Eden hatten sich kurz untereinander abgestimmt, bevor sie den Festsaal betreten hatten.

Sie konfrontierten die traurige Festgemeinde mit den Einzelheiten, die die Beamten im Pavillon vorgefunden hatten, und vor allem mit der Frage nach der Pistole. Keiner der Anwesenden hatte sie jedoch offenbar jemals zuvor gesehen. Die Inselkommissare ernteten eine Reihe fragender Blicke und allgemeine Ratlosigkeit.

»Wir sind uns im Klaren darüber, dass Sie alle noch unter Schock stehen«, fuhr Wiebke Eden vorsichtig fort. »Das ist unter diesen Umständen nur allzu verständlich. Dennoch müssen wir Sie fragen, ob jemand von Ihnen im Laufe des Nachmittages und des Abends etwas gehört oder gesehen hat, was uns weiterhelfen könnte.«

Zunächst antwortete niemand. Die Stille im Raum bekam ein Gewicht, das unerträglich wurde.

Ein leises Scharren an der Tür erregte Wiebkes Aufmerksamkeit. Steffen Theis lehnte am Türrahmen und starrte mit leerem Blick in den Saal.

»Femke ist seit dem Nachmittag irgendwie anders gewesen«, presste Annette Küster hervor. Sie schnäuzte sich in ein Papiertaschentuch. Ihr Make-up war verlaufen und verlieh ihr damit ein unwirsches Aussehen.

»Können Sie das präzisieren?«, fragte Wiebke Eden.

Nettie Küster schniefte erneut, ließ ihre Hände dann sinken und blickte der Kommissarin entgegen.

»Sie wirkte verstört. So als ob sie etwas Schlimmes gesehen oder erfahren hätte. Ich kann es nicht besser beschreiben.« Die Trauzeugin wischte sich eine Träne aus dem Augenwinkel. »Ich habe sie gefragt, was los ist. Aber sie wollte nicht mit der Sprache rausrücken. Ich hab ihr gesagt: ›Du hast doch was! Ich seh's dir doch an!‹ Aber sie sagte nur, es sei nichts und ich solle aufhören, sie zu bedrängen.«

»Ist noch jemand hier, der diese Eindrücke bestätigen kann?«, fragte Mattern.

Pastor Fuchs räusperte sich dezent, ehe er sprach. »Ja, ich. Während der Trauung hatte ich ebenfalls den Eindruck, als sei Frau Theis abgelenkt. So als sei sie mit ihren Gedanken gar nicht recht bei der Sache gewesen. Sie war in sich gekehrt, und ihr Blick ging ein paar Mal einfach nur auf den Strand hinaus. Ohne Ziel, wissen Sie?«

»Sie hatten also nicht den Eindruck, als hätte sie draußen am Strand etwas oder jemanden beobachtet?«, hakte Wiebke Eden nach.

Fuchs dachte kurz nach und schüttelte dann sanft den Kopf. »Das kann ich nicht mit Bestimmtheit sagen. Ich weiß nur, dass mir ihre gedankliche Abwesenheit sogar während der Trauungszeremonie aufgefallen ist.«

»Das kann ich bestätigen«, sprang ihm Katharina Mock bei. »Ich habe Frau Theis ja nicht allzu gut gekannt, aber in unseren Vorgesprächen hat sie mir noch einen vollkommen anderen Eindruck gemacht. Sie war gut gelaunt und verströmte eine Vorfreude auf ihre Hochzeit. Heute Nachmittag hingegen schien sie mir wie ausgewechselt.«

»Aber niemandem gegenüber hat Femke Theis geäußert, was zu dieser Änderung ihrer Stimmungslage geführt haben könnte?«, hakte Wiebke Eden nach.

Einige der Anwesenden schüttelten die Köpfe. Andere schienen in sich gekehrt, in Gedanken versunken. Das grässliche Ereignis der Nacht hatte einen dunklen Schatten auf sie alle geworfen.

Der Alleinunterhalter Eric Frey hatte sein glitzerndes Jackett abgelegt und war dabei, sich die Hemdsärmel aufzukrempeln. »Ich will nicht unsensibel erscheinen«, sagte er vorsichtig, während er die Beamten ansah, »aber ist es normal, dass bei einem offensichtlichen Suizid so viele Fragen gestellt werden? Ich meine … es weiß anscheinend doch niemand hier, was in Frau Theis vorgegangen ist, nicht einmal ihr bedauernswerter Mann. Wie sollte einer von uns also davon wissen?«

»Wir tun hier nur unsere Arbeit«, antwortete Mattern grob. »Und solange nicht vollkommen klar ist, dass es sich um einen Selbstmord handelt, werden Sie schon noch ein paar Fragen aushalten müssen.«

Der Alleinunterhalter hob entschuldigend die Hände und blickte sich suchend nach seinem abgestellten Bier um.

»Sie meinen, es gibt möglicherweise Anhaltspunkte, die auf etwas anderes als Selbstmord schließen lassen?«, fragte Jan Brohm. Der Trauzeuge hatte einen hochroten Kopf. Sein blondes Haar war in Unordnung geraten.

»Wir wollen zu diesem Zeitpunkt einfach noch nichts ausschließen, das ist alles«, erklärte Wiebke Eden. »Deswegen bitten wir Sie alle, noch einmal in sich zu gehen und uns Auffälligkeiten aller Art zu melden, sofern sie den Ablauf des heutigen Tages betreffen.«

»Kommen wir nochmal zu dieser ominösen Brautentführung«, schlug Mattern vor. »Wie genau war das denn jetzt? Wessen Idee war das?«

Niklas Schrader, der an der Wand zwischen zwei geöffneten Fenstern lehnte, hob die rechte Hand. »Wir … also meine Verlobte Christin und ich haben das ausgeheckt.«

Mattern forderte den Mann auf, weiter zu erzählen.

»Wir wollten keine große Sache daraus machen«, erklärte Schrader. »Jemand sollte Steffen ablenken, während Christin und ich mit Femke den Saal verlassen. Wir wollten mit ihr in die Strandbar und hatten dazu schon Fahrräder organisiert. Die stehen immer noch draußen.« Schrader deutete mit seinem rechten Daumen hinter sich.

»Wir hatten Femke schon eingeweiht«, fügte Christin hinzu. »Um Punkt Mitternacht sollte es losgehen. Sie sollte sich unauffällig entfernen und an der Hintertür auf uns warten. Niklas und ich sind durch den Haupteingang raus und haben die Räder geholt. Aber als wir am Hinterausgang ankamen, war niemand mehr da.«

»Sie haben aber noch gesehen, wie Frau Theis sich dorthin auf den Weg gemacht hat?«

Christin Specht nickte eifrig. »Ich habe sie ja noch ein Stück durch den Flur begleitet. Als sie bei der Tür war, bin ich umgekehrt, um Niklas mit den Rädern zu helfen.«

»Wann genau war das?«, fragte Mattern mit fester Stimme.

»Ziemlich genau Mitternacht«, erklärte Schrader. »Vielleicht zwei oder drei Minuten später.«

Der Inselkommissar trat zwei Schritte vor. Sein strenger Blick wanderte über die Gäste. »Hat jemand von Ihnen Frau Theis nach diesem Zeitpunkt noch gesehen?«

Blicke geisterten durch den Raum. Teils verstohlen, teils offen. Hier und da wiederum Kopfschütteln.

»Ich bin eine Zeit lang draußen beim Rauchen gewesen«, meldete sich Janne Holzmann zu Wort. Der alte Mann in seinem Rollstuhl neben ihr blickte dabei ärgerlich drein und legte seine Stirn in Falten.

»Ich stand in einer dunklen Mauernische, wo ich mich zwischendurch – ich denke, es könnte die fragliche Zeit gewesen sein – auch mit Herrn Theis unterhalten habe. Ich hatte den Haupteingang während der ganzen Zeit genau im Blick. Ich hätte sie sehen müssen, wenn sie das Hotel auf diesem Weg verlassen hätte oder von irgendwoher wiedergekommen wäre. Aber ich habe sie nicht mehr gesehen.«

»Sie wollen damit also sagen, Frau Theis muss auf jeden Fall den hinteren Ausgang benutzt haben, um sich von dort aus vom Hotel zu entfernen?«, hakte der Hauptkommissar nach.

Janne Holzmann nickte. Dabei fiel ihr eine rotblonde Strähne ins Gesicht. Sie griff sie auf und klemmte sie sich hinter das rechte Ohr.

Mattern machte ein unwirsches Gesicht. Die Befragung hatte bisher kaum etwas zutage gebracht.

»Vielleicht darf ich zur Abwechslung auch einmal eine Frage stellen.«

Die knorrige Stimme Gunther Hansens wehte durch den Raum. Der alte Mann saß eingesunken in seinem Rollstuhl, den Kopf leicht schräg gelegt. Doch seine Augen unter der dichten silbernen Mähne wirkten hellwach.

»Bitte, Herr Hansen«, antwortete Wiebke Eden, »sprechen Sie.«

»Als Sie meine Tochter fanden, in diesem unwürdigen Zustand … was genau hatte sie da bei sich?«

Die Kommissarin blinzelte dem Vater der Toten entgegen. »Nur das, was sie von hier mitgenommen hatte – ihre Handtasche. Sie hing über dem Stuhl, auf dem sie saß.«

»Was befand sich darin?«, fragte der Alte. »Haben Sie überhaupt nachgesehen?«

»Das haben wir«, antwortete Wiebke. »Es befanden sich nur ein paar gewöhnliche Utensilien darin.«

»Nichts anderes?« Gunther Hansen beugte sich in seinem Stuhl nach vorn. Das Material knirschte leise. Der alte Mann hatte seine Augen unter den buschigen Brauen zu Schlitzen verengt.

»Worauf wollen Sie hinaus?«, fragte Mattern.

»Das will ich Ihnen genau sagen: Ich habe meiner Tochter nach der Trauung am Strand ein Sparbuch übergeben, das ich für sie angelegt hatte, als sie noch klein war. Sie hat es angenommen, und ich habe gesehen, wie sie ihre Handtasche geöffnet und es hineingesteckt hat. Wenn es jetzt nicht mehr dort ist, hat es ihr jemand gestohlen!«

Der Blick des Alten wanderte zwischen den beiden Beamten hindurch und traf auf Steffen Theis, der noch immer am Türrahmen lehnte.

Der junge Witwer gab keinen Ton von sich. Er starrte nach wie vor in den Saal, ohne dabei jemanden oder etwas im Besonderen anzusehen.

Hinrich Mattern hatte sich zu Gunther Hansen umgedreht. »Dieses Sparbuch«, begann er nachdenklich, »gaben Sie also Ihrer Tochter direkt nach der Trauung. Vielleicht hat sie es im Zimmer abgelegt, nachdem sie und ihr Mann ins Hotel zurückgekehrt waren.«

»Dann müsste es ja noch irgendwo sein«, gab Hansen knorrig zurück.

»Ich möchte nicht indiskret sein«, sagte Wiebke Eden, »aber über welche Summe reden wir hier?«

»Über etwas mehr als zweihundertfünfzigtausend Euro«, antwortete Hansen.

Eric Frey, der gerade einen Schluck Bier zu sich nehmen wollte, setzte geräuschvoll sein Glas auf dem Tisch ab.

»Wir werden das umgehend klären«, entschied Mattern. »Ich denke, das wäre für den Augenblick alles. Ich habe erfahren, dass die Gäste alle hier im Hotel einquartiert sind, bis auf Pastor Fuchs und Frau Mock natürlich. Sie können sich jetzt zurückziehen, wenn Sie wollen. Möglich, dass wir morgen noch ein paar Fragen an Sie haben.«

Mattern drehte sich um. Steffen Theis war aus der Tür verschwunden. Der Rest der Gesellschaft löste sich rasch auf. Viele schienen erleichtert und dankbar, der bedrückenden Atmosphäre des Raums endlich entkommen zu können.

Wiebke Eden war nahe an ihren Vorgesetzten herangetreten. »Was halten Sie von dieser Sache mit dem Sparbuch?«, fragte sie.

Matterns Gesicht wirkte noch immer umwölkt. »Ich schreie nicht gerade Hurra deswegen, weil es den Fall unnötig verkomplizieren könnte. Das Beste wird sein, wir schaffen die Sache so schnell wie möglich aus der Welt.«

Wiebke Eden nickte.

Die beiden verließen als Letzte den Saal und wandten sich an die Rezeption, hinter der der Inhaber des Hotels noch immer persönlich seinen Dienst schob. Auch er wirkte blass und betroffen.

»Können Sie uns sagen, in welchem Zimmer wir Herrn Theis antreffen?«, fragte Mattern monoton.

»Er hat das Zimmer vierzehn«, lautete die Antwort. Der Inhaber deutete nach rechts. »Die Treppe da rauf und dann gleich links. Furchtbare Geschichte.«

»Was?«, fragte Mattern.

»Die Sache mit der toten Braut, meine ich. Einfach schrecklich. Ich habe ja Wochen vorher schon mit den beiden gesprochen. Und als sie hier ankamen, habe ich ihnen gratuliert. Da dachte ich noch, dass sie wirklich gut zueinander passen. Und jetzt das. Sowas konnte ja keiner ahnen, nicht?«

»Wann haben Sie Frau Theis zuletzt gesehen?«, fragte Wiebke.

»Das muss so um Mitternacht gewesen sein«, antwortete der Inhaber. »Ich weiß das deshalb so genau, weil mich der Ehemann auch schon danach gefragt hat. Ich habe die Braut in ihrem Kleid gesehen, wie sie den Korridor da runter gegangen ist. Dann war sie mit einem Mal weg. Ich nehme an, dass sie durch den Hinterausgang raus ist. Danach habe ich sie nicht mehr gesehen.«

»Danke«, antwortete Wiebke Eden und nickte dem Mann zu.

Die beiden Beamten stiegen die Treppe nach oben und klopften nur wenig später an Theis' Zimmertür.

Beinahe sofort wurde ihnen geöffnet.

»Was wollen Sie noch?«, fragte Theis. »Können Sie mich nicht endlich in Ruhe lassen?«

»Werden wir, sobald alle offenen Fragen geklärt sind«, gab Mattern zurück. Der Hauptkommissar deutete in den Raum hinein. »Dürfen wir mal?«

»Was?«

»Eintreten. Was haben Sie gedacht?«

Theis stieß einen leisen Seufzer aus und machte den Weg frei. Die Tür fiel sachte hinter den beiden Beamten ins Schloss.

»Wir sind nur noch einmal hergekommen, um die Sache mit dem Sparbuch zu überprüfen«, erklärte Wiebke ein wenig sanfter als ihr Vorgesetzter. »Hat es sich schon angefunden?«

»Nein«, antwortete Theis. »Es ist nicht hier. Ich habe schon danach gesucht. Auch wenn mir nicht wirklich danach zumute war, wie Sie sich vielleicht denken können.«

»Sie haben Ihre Frau also nicht damit gesehen?«, hakte die Kommissarin nach.

»Doch. Unten am Strand. Allerdings wusste ich da noch nicht, dass es sich um ein Sparbuch handelte. Ich sah, dass Femkes Vater ihr etwas in die Hand gab. Femke steckte es gerade in ihre Handtasche, als ich dazukam.«

»Demnach hatten Sie von alldem keine Ahnung?«, fragte Mattern. Der Hauptkommissar blickte sich aufmerksam im Zimmer um und öffnete ungefragt die Schubladen einer Kommode.

»Nein«, gab Theis maulend zurück. »Und es ist mir egal, ob Sie es glauben oder nicht. Femke hat jedenfalls auch darüber nicht mit mir gesprochen.«

Wiebke machte einen Schritt auf den jungen Mann zu. »Es könnte sein, dass ihre Gedanken an eine andere Sache alles andere überlagert haben. Ich halte das sogar für ziemlich wahrscheinlich.«

»Ja, vielleicht.« Theis wandte sich ab, trat zum Fenster hinüber und spähte durch die Vorhänge nach draußen. Der Himmel zeigte sich in einem dunklen Grau. Nach und nach dämmerte der Morgen herauf, der für Theis sicher alles andere als hoffnungsvoll werden würde.

»Ich muss trotzdem nochmal nach diesem Sparbuch fragen«, beharrte Mattern. »Waren Sie die ganze Zeit mit Ihrer Frau zusammen, nachdem Sie vom Strand zurück ins Hotel gegangen sind?«

»So gut wie die ganze Zeit«, antwortete Theis, ohne den Blick vom Fenster abzuwenden. »Wir waren kurz hier auf dem Zimmer. Ich bin ihr natürlich nicht bis ins Bad gefolgt, falls Sie das meinen. Aber ich erinnere mich, dass sie ihre Handtasche zwischendurch auf dem Bett abgelegt hatte.«

»Und später?«, fragte Wiebke.

»Wir waren nur ein paar Minuten hier oben, um uns frisch zu machen. Danach sind wir wieder runter. Femke hatte ihre Handtasche dabei. Sie hat sie später unten im Saal über ihre Stuhllehne gehängt.«

»In Ordnung, Herr Theis«, sagte Wiebke. »Wir werden Sie jetzt allein lassen. Mein aufrichtiges Beileid.«

Theis nickte verbissen und sah weiter hinaus. Er stand noch immer dort, als die beiden Kommissare das Zimmer längst verlassen hatten.

»Ich hasse so etwas«, bemerkte Wiebke, als sie an Matterns Seite die Treppe hinunterging.

»Was genau meinen Sie?«, fragte ihr Vorgesetzter.

»Jemandem mein Beileid aussprechen zu müssen, weil er einen geliebten Menschen durch ein Verbrechen verloren hat.«

»Wenn es denn ein Verbrechen war«, gab Mattern zu bedenken. »Das ist bisher durch nichts erwiesen. Im Gegenteil: Noch spricht aus meiner Sicht mehr für einen Selbstmord.«

»Und was ist mit dem Sparbuch?«, fragte Wiebke. »Denken Sie nicht, dass es eine Rolle spielen könnte?«

Mattern war am unteren Ende der Treppe stehen geblieben. »Wer ist so naiv, jemanden wegen eines Sparbuchs umzubringen und dann noch ernsthaft daran zu glauben, dass es ihm gelingt, sich in den Besitz des Ersparten zu bringen?«

Wiebke Eden stieß ein trockenes Lachen aus. »Wollen Sie wirklich, dass ich Ihnen erkläre, aus welchen Gründen Menschen töten?«

»Nein danke«, gab Mattern zurück. »Suchen wir also nach dem Sparbuch. Wenn Sie mir einen Gefallen tun wollen, sprechen Sie nochmal mit Gunther Hansen. Stellen Sie fest, über welches Bankinstitut das Konto läuft, und lassen Sie es sicherheitshalber sperren. Jeder Versuch, auf das Konto zuzugreifen, soll uns nach Möglichkeit gemeldet werden.«

»Wird erledigt«, antwortete Wiebke. Ihr Blick fiel auf den Hotelinhaber, der sich an der Eingangstür zu schaffen machte.

Der Mann bemerkte die Anwesenheit der beiden Polizisten und drehte sich um. »Kann ich noch etwas für Sie tun?«

»Nein, besten Dank«, antwortete Wiebke Eden. »Stimmt etwas nicht mit der Tür?«

Der Hotelier sah sie fragend an. »Doch, doch. Ich wollte nur noch etwas frische Luft hereinlassen, bevor es wieder so heiß wird. Aber irgendwie scheint mir der Keil abhandengekommen zu sein.«

»Der *was*?«, entfuhr es Wiebke. Die beiden Kommissare warfen sich einen raschen Blick zu.

»Na, der Holzkeil«, antwortete der Inhaber. »Ich hatte hier immer einen liegen, damit die Tür nicht ständig zufällt bei dem ganzen Rein und Raus. Aber er ist nicht mehr da. Deswegen hab ich jetzt die Bodenvase hierher gestellt.« Der Mann deutete auf ein terracottafarbenes Tongefäß mit zwei verschnörkelten Henkeln.

»Weshalb fragen Sie? Stimmt was nicht damit?«

Mattern winkte ab. »Doch, doch. Alles in Ordnung. Wie lange sind Sie heute Nacht noch hier?«

Der Mann sah auf seine Armbanduhr. »Bis um sechs, da ist Schichtwechsel, und ich gehe eine Runde schlafen. Wenn ich denn nach all den Aufregungen überhaupt zur Ruhe komme.«

»Möglich, dass wir nachher nochmal wiederkommen«, erklärte Mattern und wandte sich zum Gehen.

Draußen vor dem Haus wären sie beinahe mit Eric Frey zusammengestoßen, der gerade dabei war, ein kleines Glücksrad, das zu seiner Ausrüstung gehörte und das den Gästen zum Zeitvertreib gedient hatte, in seine Einzelteile zu zerlegen und in einem großen Koffer zu verstauen.

Als er die beiden Kommissare bemerkte, erhob er sich leichtfüßig und näherte sich bis auf wenige Schritte.

»Verzeihung! Kann ich Sie eben noch was fragen?«

Die Ermittler drehten sich zu dem Alleinunterhalter um.

»Eigentlich ist es mehr eine Mitteilung als eine Frage. Mir ist da nämlich etwas aufgefallen.«

»Haben Sie etwas beobachtet?«, fragte Wiebke Eden. »Dann nur raus mit der Sprache.«

»Es ist auch weniger eine Beobachtung als eine Feststellung. Ich habe es bemerkt, als ich meinen Utensilienkoffer öffnen wollte.«

»Und was genau ist es, was Sie festgestellt haben?«, fragte Mattern in leicht quengelndem Ton. Er trat dabei von einem Bein auf das andere.

»Der Koffer war bereits offen«, erklärte Frey. »Und nicht nur das: Er ist meiner Ansicht nach sogar durchwühlt worden. Es lag nämlich alles durcheinander, und das passiert eigentlich nur, wenn man vergisst, ihn zu schließen, oder damit Fußball spielt.«

»Jemand hat Ihren Koffer durchwühlt?«, fragte Wiebke Eden. »Warum hätte das Ihrer Meinung nach jemand tun sollen?«

»Ich habe keine Ahnung«, antwortete Frey. »Ich habe natürlich sofort alles nachgeprüft, und ich glaube, Ihnen sagen zu können, dass etwas aus dem Koffer entwendet wurde.«

Mattern schnaufte ungeduldig. »Vielleicht würden Sie uns noch freundlicherweise erzählen, um was es sich dabei handelt?«

»Eine kleine Rolle Nylonschnur«, antwortete Frey. »Ich benutze sie für verschiedene Zaubertricks. Sie wissen schon: Wenn etwas scheinbar frei in der Luft schwebt und so. Das sehen Sie in den hinteren Reihen gar nicht, dass da noch eine Schnur ist. Jedenfalls nicht, wenn man es gut macht.«

»Was Sie nicht sagen«, antwortete Mattern sarkastisch. »Und was, glauben Sie, kann jemand sonst noch mit so einer Schnur anfangen?«

Frey beugte seinen Oberkörper leicht vor. Sein Gesicht bekam einen lauernden Ausdruck. »Woher soll ich denn das wissen? Sie sind doch der Kriminalist!«

Wiebke Eden bemerkte, wie Mattern tief Luft holte. Sie hob rasch abwehrend die Hände und fuchtelte damit in der Luft herum.

»Wie auch immer«, sagte sie hastig, »wir danken Ihnen für Ihre Mitteilung. Sollte sich die Schnur wieder anfinden, geben wir Ihnen gerne Bescheid.«

»Ist nicht ganz so dringend«, antwortete der Alleinunterhalter. »Zur Not kaufe ich mir halt eine neue.«

Die beiden Inselkommissare wandten sich ab und bewegten sich zu ihren Fahrrädern hinüber, die an der Hauswand lehnten.

Hinrich Mattern hielt für einen Moment inne. »Sparbücher. Holzkeile. Nylonschnüre. Es ist manchmal gar nicht so leicht, Wichtiges von vollkommenem Blödsinn zu trennen.«

»Wir sollten nochmal zum Pavillon zurück«, antwortete Wiebke Eden und blickte dabei skeptisch in den allmählich heller werdenden Himmel.

»Ja«, antwortete Mattern. »Möglich, dass er doch noch ein paar Geheimnisse für uns parat hält.«

Kapitel 9

Als sie den Platz vor dem Rathaus erreichten, fanden sie ihn hell erleuchtet vor. Die Kolleginnen und Kollegen von der Spurensicherung waren noch immer bei der Arbeit. Sie hatten helle Scheinwerfer aufgestellt, die nahezu jeden Winkel des kleinen Gebäudes und das Gelände darum herum ausleuchteten. Dazwischen werkelten Frauen und Männer in weißen Overalls und liefen geschäftig durcheinander.

Die Leiche der Braut war bereits in Richtung Festland zur pathologischen Untersuchung abtransportiert worden.

Mattern und Eden verschafften sich Zutritt und wechselten ein paar Worte mit der Einsatzleitung, einer etwa vierzigjährigen Kollegin aus Wittmund. Sie ließen den Holzkeil bei der Tür sicherstellen und machten deutlich, dass dieser möglicherweise nicht hierher gehörte. Wiebke Eden fotografierte den Gegenstand von allen Seiten mit ihrem Handy.

»In Ordnung, das reicht«, sagte Mattern und winkte ab. »Wir werden dem Hotelinhaber die Aufnahmen zeigen. Wenn es sich tatsächlich um seinen vermissten Keil handeln sollte, wird es ihm hoffentlich nicht schwerfallen, ihn zu identifizieren.«

Wiebke Eden nickte und steckte ihr Handy zurück in die hintere Hosentasche. Sie reckte ihr Kinn vor und deutete zur beschädigten Tür des Pavillons hinüber. »Was glauben Sie, Mattern – wäre es theoretisch möglich, hier einzudringen, einen Mord zu begehen und gleich danach wieder so zu verschwinden, dass es den Anschein hat, als sei man gar nicht da gewesen?«

»Wie so oft kommt es da wohl eher auf die Praxis an«, gab der Hauptkommissar zurück. »Mich würde doch sehr interessieren, wie Sie das bewerkstelligen würden.«

Er nickte zwei Kollegen zu, die ihre Utensilien eingepackt hatten und sich zum Gehen wandten. Der Ort leerte sich allmählich und nach und nach wurden nun auch die Scheinwerfer ausgeschaltet, bis auf einen letzten, der sein helles Licht gegen die Innenwände des Pavillons warf.

Wiebke Eden blinzelte ihren Dienststellenleiter an. »Sie wollen, dass ich es Ihnen vormache?«

Mattern breitete seine Arme aus und vollführte damit eine einladende Geste. »Bitte. Wir sind hier jetzt fast ganz allein. Erwarten Sie nur nicht von mir, dass ich bei Ihrem Versuch die unglückliche Braut spiele.«

»Ich hoffe, das wird nicht nötig sein«, antwortete die Kommissarin. Sie blickte nachdenklich zur Tür hinüber. »Irgendwie lässt mir dieser Keil keine Ruhe. Wissen Sie auch, warum?«

»Ich habe einen Verdacht«, sagte Mattern gedehnt, »aber erzählen Sie mal. Vielleicht täusche ich mich ja auch.«

»Wenn der Keil aus dem Hotel mitgenommen wurde«, begann Wiebke Eden konzentriert, »dann kommen dafür streng genommen nur zwei Personen infrage: Entweder war es Femke Theis selbst, oder aber …«

»Ihr Mörder«, vervollständigte Mattern. »So weit, so gut. Jetzt werden Sie mal konkret. Wie hat es sich Ihrer Meinung nach abgespielt?«

Wiebke Eden begann im Pavillon auf und ab zu gehen. »Ich halte es für unwahrscheinlich, dass die Braut ihn mitgenommen hat, weil dafür meines Erachtens überhaupt kein Grund vorlag. Warum sollte sie sich freiwillig in einen Raum einsperren, der von allen Seiten aus eingesehen werden kann? Also bin ich da mehr beim Mörder. Es ist jemand von der Hochzeitsgesellschaft. Und diese Person hat den Keil mitgenommen, weil sie bereits den vorgefassten Plan hatte, Femke Theis umzubringen. Und zwar genau hier. Haben Sie bis hierhin Einwände, Herr Hauptkommissar?«

»Nein«, maulte Mattern, »und nicht so förmlich, bitte. Sie wissen genau, dass ich das nicht leiden kann.«

Wiebke Eden überhörte die Bemerkung ihres Vorgesetzten. Sie fuhr mit ihrer Wanderung fort. »Die Person muss Femke Theis angesprochen haben. Vielleicht war es auch andersherum. In jedem Fall aber scheint es doch einleuchtend, dass die beiden eine Verabredung getroffen haben. Und die Braut muss ihr gefolgt sein. Die Spuren lassen nicht die Vermutung zu, dass Femke Theis gewaltsam an diesen Ort geschafft wurde.«

»Wobei wir die genauen Ergebnisse noch abwarten müssen«, gab Mattern zu bedenken. »Es ist immerhin denkbar, dass sie unter dem Einfluss von Drogen stand.«

»Sie denken an sowas wie K.-o.-Tropfen?«, fragte Wiebke.

Ihr Vorgesetzter nickte. »Das hätte sie ab einem gewissen Punkt zu einem willigen Werkzeug gemacht. Allerdings hätte es auch ein sehr exaktes Timing vorausgesetzt.«

»Wie es sich auch immer abgespielt hat«, fuhr Wiebke Eden fort, »eines ist doch ziemlich gewiss: Am Ende ist Femke Theis hier drinnen gelandet. Auf dem Stuhl, den die Kollegen gerade abtransportiert haben. Der Mörder muss sehr nahe bei ihr gewesen sein. Vielleicht war er hinter ihr. Er trat dicht an sie heran, setzte ihr den Pistolenlauf an die Schläfe und drückte ab.«

»Was ist mit dem Geräusch des Schusses?«, fragte Mattern.

»Er wurde bisher nur von einer Person gehört: Leonie Decker. Sie gibt zu, mehr oder weniger wach gewesen zu sein und ihr Hotelzimmer daraufhin verlassen zu haben. Ich gehe davon aus, dass die Tür des Pavillons zu diesem Zeitpunkt geschlossen war. Der Schuss wurde durch den geschlossenen Raum leicht gedämpft. Bei den anderen umliegenden Gebäuden handelt es sich um das Rathaus, das Museum und ein Geschäftshaus. In den dreien hielt sich um die fragliche Zeit ganz sicher niemand auf. Daher ist zu erklären, dass wir es nicht mit einem Menschenauflauf zu tun hatten. Das wäre für den Täter auch viel zu riskant gewesen. So aber agierte er im Schutz der Dunkelheit und muss sich ziemlich sicher gewesen sein, diesen Ort nach seiner Tat relativ problemlos wieder verlassen zu können.«

»Aber wie?«, fragte Mattern, der sich demonstrativ einmal um sich selbst drehte. »Wie wollen Sie es anstellen, nachdem Sie Ihre Tat verübt und den Keil von innen vor der Tür platziert haben?«

»Ich weiß es nicht«, gestand Wiebke Eden. »Noch nicht.« Sie dehnte ihre Wanderungen aus und schritt gemächlich an der Fensterfront entlang. Sie schob, drückte und zerrte vorsichtig, doch nirgends rührte sich etwas. Sie untersuchte sogar den Fußboden, der sich jedoch als durchgängig massiv erwies.

»Das Dach oder die Fenster«, sagte sie leise. »Einen Weg muss er gewählt haben.«

»Er?«, hakte Mattern nach.

»Er – der Täter. Oder die Täterin, wenn Ihnen das besser gefällt.«

»Mir gefällt keins von beidem«, gab Mattern murrend zurück. »Vor allem deshalb nicht, weil die Person heute Abend vermutlich sogar zwei Leben zerstört hat. Haben Sie sich den Bräutigam mal etwas näher angesehen? Der ist vollkommen fertig. Zumindest wirkt er so.«

Wiebke Eden bedachte ihren Vorgesetzten mit einem neugierigen Blick. »Alle Achtung, Mattern. Ich wusste gar nicht, dass Sie so viel Einfühlungsvermögen besitzen. Hätte ich Ihnen gar nicht zugetraut.«

Der Hauptkommissar zuckte mit den Schultern. »Ich weiß auch nicht, warum mich die meisten für einen ungehobelten Klotz halten. Im Grunde bin ich doch ganz harmlos. Oder etwa nicht?«

»Wenn Sie sich Mühe geben«, entfuhr es Wiebke, die bereits nicht mehr so recht bei der Sache war. Sie hatte ihre Hände in die Hüften gestemmt und blickte nach oben in die Dachkonstruktion des Pavillons. Es handelte sich um massive Holzbalken. Das Dach selbst war geschlossen, es gab keine Möglichkeit, über die man das Gebäude hätte verlassen können.

Wiebke kehrte ein weiteres Mal zu den Fenstern zurück. Vor den zuletzt eingesetzten Elementen blieb sie stehen. Sorgsam betrachtete sie die kleinen Riegel, mit denen sie verschlossen wurden.

»Hab ich mir auch schon angesehen«, bemerkte Mattern, der jeden Schritt seiner Mitarbeiterin offen beobachtete. »Aber ich komm nicht drauf, wie jemand bewerkstelligt haben will, hier raus zu klettern und dann das Fenster so wieder zu schließen, dass der Riegel von innen wieder zufällt.«

»Es käme auf einen Versuch an«, antwortete Wiebke Eden und öffnete eines der Fenster. Der Riegel, obwohl neu, quietschte leise.

Durch die Öffnung wehte ein lauer Wind herein. Weit im Osten tauchte bereits das erste zarte Morgenrot auf, noch eingebettet in ein Meer aus verschiedenen Grautönen.

Die Kommissarin setzte sich zunächst in den Fensterrahmen und schwang schließlich die Beine nach draußen. Sie klappte das Fenster von außen zu, schwunghaft und mit einigem Elan. Es gab einen dumpfen Laut, doch der Riegel auf der Innenseite verharrte in seiner aufrechten Position. Das Fenster ließ sich ohne Probleme wieder von außen öffnen. Was die Beamtin schließlich auch tat. Innen angekommen, legte sie den kleinen Metallriegel wieder vor.

»Und was ist, wenn Femke Theis den Keil nun doch selbst mitgebracht und damit die Tür versperrt hat?«, fragte Mattern. »Dann könnten Sie hier noch tagelang nach Spuren und Möglichkeiten suchen und würden sich den Kopf über Dinge zerbrechen, die in der Form gar nicht stattgefunden haben.«

Wiebke Eden hob die Hände und fuchtelte damit in der Luft herum, so als wären Matterns Worte lästige Insekten, die es zu verscheuchen galt. »Es muss einen Weg geben«, flüsterte sie. Noch einmal schritt sie an den Fensterelementen vorbei, tief in Gedanken versunken. Mit einem Mal blieb sie stehen, ohne jedoch im ersten Moment selbst den Grund dafür zu kennen. Ihr Blick fiel auf einen der Fensterrahmen. Während Wiebke Eden zwei Schritte näher trat, verengte sie ihre Augen zu Schlitzen. Währenddessen winkte sie Mattern mit ihrer Rechten.

»Bitte schauen Sie doch mal, ob Sie den Strahler etwas mehr auf das Fenster ausrichten können. Ich glaube, ich habe etwas gefunden.«

Hinter ihr wurden zuerst Schritte, dann ein Scharren laut. Mattern hatte ihre letzte verbliebene Lichtquelle einen guten Meter näher herangerückt. »Was ist es denn?«, fragte der Hauptkommissar geradeheraus, nachdem er neben seine Kollegin getreten war. Er beugte seinen Oberkörper nach vorn. »Ich sehe absolut nichts. Nicht das Geringste.«

»Und wie wäre es damit?« Wiebke Eden deutete mit der Nagelspitze ihres Zeigefingers auf ein winziges Loch in dem weißen Fensterholz neben der Scheibe.

Mattern beugte sich noch weiter vor und streckte seine Hand danach aus. Mit einer seiner Fingerkuppen fuhr er über die gefundene Stelle an der Innenseite des Fensters, etwa zwei Zentimeter oberhalb des Riegels.

»Sieht nach einem kleinen Bohrloch aus«, sagte er nach einer Weile. »Aber das muss nichts bedeuten. Vielleicht ist es auch nur eine schadhafte Stelle.«

Wiebke schien für einen Moment nicht mehr zuzuhören. Sie klopfte die Taschen ihrer Kleidung ab und machte dabei ein unglückliches Gesicht.

»Haben Sie einen Kugelschreiber bei sich?«, fragte sie und streckte bereits fordernd ihre Hand aus.

»Moment«, gab Mattern zurück und begann nun seinerseits, seine Kleidung abzusuchen. In einer seiner Westentaschen wurde er fündig und reichte seiner Mitarbeiterin das Gesuchte.

Wiebke Eden nickte knapp und schraubte den Stift auseinander. Mit spitzen Fingern zog sie die Mine heraus und ließ den Rest achtlos fallen.

»Was soll denn das?«, blaffte Mattern. »Das war mein letzter. Und außerdem ein Geschenk.«

Die Kommissarin blickte kurz auf die Plastikteile am Boden. »Alle Achtung. Derjenige, der Ihnen das Teil geschenkt hat, muss ja große Stücke auf Sie halten. Sind Sie sicher, dass es ein Geschenk war?«

»Ein Werbegeschenk«, räumte Mattern ein, als er sich mit einem leisen Ächzen nach den Einzelteilen bückte. »Der hat bis eben noch tadellos funktioniert.«

»Seien Sie unbesorgt«, gab Wiebke Eden zurück, »Sie kriegen ihn gleich wieder.«

Mattern verzog das Gesicht. »Ich würde nur zu gerne wissen, was Sie da eigentlich treiben. Vielleicht können Sie's mir ja erklären. Ich meine, wenn das nicht zu viel verlangt ist.«

Die Kommissarin beugte sich über das Bohrloch und führte die Kugelschreibermine dort ein. »Ich will nachsehen, wie tief gebohrt wurde.« Die Mine verschwand fast vollständig in der Öffnung. Wiebke nickte und zog sie mit spitzen Fingern wieder heraus. »Ist glatt durchgegangen«, sagte sie zufrieden.

Mattern schob sie sanft beiseite, legte den eisernen Riegel um und öffnete das Fenster, das geräuschlos nach innen aufschwang.

»Hier ist das Gegenstück zu dem inneren Loch. Dafür hätten Sie meinen Kugelschreiber nicht auseinanderbauen müssen.«

Wiebke Eden folgte dem Blick des Hauptkommissars. »Na gut«, sagte sie, »jeder arbeitet eben auf seine Weise.«

Mattern gab einen missmutigen Laut von sich und schloss das Fenster wieder. »Das ist ja alles ganz entzückend, aber vielleicht sagen Sie mir mal, was das alles bedeuten soll. Ich sehe nämlich leider noch immer nicht klar.«

Wiebke Eden reichte Mattern die Kugelschreibermine zurück, die ihr Vorgesetzter verdrießlich anblickte.

»Ich bin mir noch nicht sicher«, antwortete sie nach ein paar Sekunden. »Ich weiß nicht recht, was es zu bedeuten hat, aber Sie stimmen mir doch sicher zu, dass es sich um ein ziemlich frisches Bohrloch handelt.«

»Sieht ganz so aus«, antwortete Mattern.

»Ein solches Loch befindet sich nur an diesem einen Fenster. Nur an dieser Stelle. Was ist, wenn der Mörder es gebohrt hat?«

»Aber wozu denn um Himmels willen?«, platzte es aus dem Hauptkommissar heraus.

»Um etwas hindurchzustecken«, vermutete Wiebke Eden. »Etwas, das dünn genug ist, um da durchzupassen. So wie Ihre Mine. Und ich gehe jede Wette ein, dass es mit dem Mord zusammenhängt.«

»Sie scheinen mir da sehr sicher zu sein.« Mattern ließ die Mine zusammen mit dem Rest des Kugelschreibers in seine Westentasche gleiten.

»Sicher bin ich nicht«, gab die Kommissarin zurück, »aber ich habe eine Idee, wer uns vielleicht weiterhelfen kann.«

Kapitel 10

»Da macht keiner mehr auf!« Mattern trat lustlos von einem Bein auf das andere und studierte dabei den Fluchtwegplan an der Wand neben der Tür des Hotelzimmers.

»Doch«, beharrte Wiebke Eden und klopfte erneut an. »Laut Aussage des Inhabers muss er auf seinem Zimmer sein.«

Aus dem Innern ertönte ein halb klirrendes, halb polterndes Geräusch, so als ob ein Gegenstand zu Boden gefallen wäre. Es folgte ein heiseres Fluchen. Dann dumpfe Schritte, die sich näherten. Die Tür wurde einen Spaltbreit geöffnet.

»Sie?«

Eric Frey blinzelte die beiden Beamten aus blutunterlaufenen Augen an. »Was wollen Sie denn um diese Zeit? Verflucht, ich war gerade erst eingeschlafen.«

»Es haben sich noch ein paar Fragen ergeben«, erklärte Wiebke Eden.

Frey fuhr sich mit einer Hand über das Gesicht. Seine Bartstoppeln erzeugten dabei ein schrappendes Geräusch.

»Fragen? Was denn für Fragen?«

»Sie betreffen Ihr Programm als Alleinunterhalter. Ich habe gelesen, dass Sie auch kleine Zaubershows veranstalten, wo Sie sich *Der Große Zampano* nennen.«

»Ja, schon«, gab Frey gedehnt zurück, »aber nicht morgens um kurz nach fünf.«

Wiebke Eden lächelte den Mann in der Tür an. »Würde es Ihnen etwas ausmachen, sich etwas anzuziehen und uns zu begleiten?«

***

Noch immer war der Platz vor dem Pavillon menschenleer. Es war früh, die Insel würde erst innerhalb der nächsten Stunde zum Leben erwachen.

Hauptkommissar Hinrich Mattern stellte zum wiederholten Mal sein Fahrrad in der Nähe ab und marschierte mit ausgreifenden Schritten auf das kleine Gebäude zu, das in den ersten Sonnenstrahlen des jungen Tages ein unschuldiges Bild abgab. Von außen deutete nichts darauf hin, welche Tragödie sich in der vergangenen Nacht hier abgespielt hatte.

An Matterns Seite ging Eric Frey, der sich eine dünne Jacke übergezogen hatte und noch immer lustlos und verschlafen dreinblickte.

»Wollen Sie mir nicht endlich verraten, was das Ganze soll?«

Der Kommissar winkte ab. »Noch nicht. Das hier ist Frau Edens Show. Ich habe so gut wie nichts damit zu tun.«

Der Alleinunterhalter blickte sich suchend um. »Wo zum Teufel steckt Ihre Kollegin denn? Ich dachte, sie wollte sich hier mit uns treffen?«

»Sie hat noch einen kleinen Umweg gemacht«, erklärte Mattern. »Sie muss jeden Augenblick hier sein.«

Und tatsächlich näherte sich schon in der nächsten Minute ein weiteres Fahrrad.

Die Polizistin stieg ab und trat auf die wartenden Männer zu. »Es kann losgehen. Wenn Sie mir bitte folgen wollen, Herr Frey? Sie natürlich auch, Herr Mattern.«

Die beiden Männer sahen sich fragend an und zuckten zeitgleich mit den Schultern, als sie sich in Bewegung setzten.

Im Pavillon hatte sich ein unangenehm muffiger Geruch ausgebreitet. Frey folgte der Kommissarin und vermied es, das Blut am Boden anzusehen. Er wandte seinen Kopf demonstrativ in die andere Richtung.

»Ist kein schöner Anblick, ich weiß«, bemerkte die Polizistin. »Die Leute von der Reinigungsfirma werden hoffentlich gleich hier sein. Kommen Sie hier herüber, hier gibt es etwas, das ich Ihnen zeigen möchte.«

Sie blieben zu dritt vor dem bewussten Fenster stehen.

»Das hier ist uns heute Morgen aufgefallen«, sagte Wiebke.

Eric Frey sah sie an, runzelte kurz die Stirn und beugte sich dann vor, um die angedeutete Stelle zu begutachten.

»Sieht nach einem Loch aus«, sagte er schulterzuckend. »Na und?«

»Wir glauben, dass es erst letzte Nacht entstanden ist«, erklärte die Beamtin. »Es ist jedenfalls noch sehr frisch, und wenn man genau hinsieht, entdeckt man am Boden sogar noch sehr feinen Holzstaub.«

Frey blinzelte kurz. »Und was soll das jetzt? Ich meine, warum zeigen Sie mir das? Und warum zum Teufel konnte das nicht warten, bis ich einigermaßen ausgeschlafen bin?«

»Wir schmieden das Eisen nun mal gerne, solange es noch heiß ist«, sagte Mattern ruppig. »Können Sie mit diesem Loch nun etwas anfangen oder nicht?«

»Nein, verdammt! Ich weiß überhaupt nicht, was Sie von mir wollen!«

»Ich erkläre es Ihnen gerne«, sagte Wiebke Eden etwas sanfter als ihr Vorgesetzter. »Wir haben hinsichtlich des Todes von Femke Theis einige Überlegungen angestellt. Eine davon ist, dass wir in Erwägung ziehen, dass es sich dabei eventuell doch nicht um einen Selbstmord handelt.«

Etwas in Freys Haltung versteifte sich unmerklich. »Wie? Sie meinen … haben Sie etwa schon konkrete Hinweise, die auf einen Mord hindeuten?«

»Das ist bis jetzt nur eine von mehreren Theorien«, stellte Mattern sofort klar und blickte den Alleinunterhalter grimmig an. »Wehe, Sie posaunen das überall herum! Ich verpflichte Sie hiermit zu strengster Verschwiegenheit.«

»Ist ja schon gut«, antwortete Frey kleinlaut, als er Matterns massige Gestalt ein Stück weit über sich aufragen sah.

»Natürlich haben wir uns überlegt«, fuhr Wiebke Eden fort, »wie der Täter es angestellt haben könnte, den Mord zu begehen und anschließend den Pavillon wieder so zu verlassen, wie er später vorgefunden wurde.«

»Von innen mit einem Keil versperrt«, fügte Mattern hinzu.

»Ich verstehe«, sagte Frey langsam. »Ich weiß nur nicht recht, wie ausgerechnet ich Ihnen dabei helfen soll.«

»Wie würden Sie es anstellen?«, fragte die Kommissarin geradeheraus. »Mal angenommen, Sie hätten die Tat gerade verübt. Sie haben die Tür versperrt, und jetzt geht es Ihnen darum, diesen Ort so schnell und unauffällig wie möglich wieder zu verlassen. Sie stehen vor genau diesem Fenster, das sich zwar bequem von innen öffnen lässt, das hinterher aber den Eindruck erwecken muss, es sei die ganze Zeit über verschlossen gewesen.«

»Ich begreife langsam, was Sie meinen«, antwortete Frey. Er betrachtete erneut das feine Bohrloch im Fenster. Dieses Mal jedoch schenkte er ihm wesentlich mehr Aufmerksamkeit.

»Darf ich das Fenster öffnen?«, fragte er.

Wiebke Eden vollführte eine einladende Handbewegung.

Der Alleinunterhalter hob den kleinen Riegel an und ließ das Fenster nach innen aufschwingen. Er betrachtete nun die Außenseite und einen Teil des Rahmens.

»Das Loch wurde durchgehend gebohrt«, bemerkte Frey. »Das war alles, was ich wissen wollte.«

»Nun?«, hakte Wiebke Eden nach. »Sehen Sie eine Möglichkeit?«

»Es gibt einen Weg«, erklärte Frey. »Einen theoretischen. Ich habe ihn früher ein paar Mal in ähnlicher Weise aufgeführt. Natürlich nicht so wie hier. Ich hatte meine Materialien schon vorher präpariert, und so ist es mir gelungen, aus einem verschlossenen Raum zu entkommen, ohne dass jemand etwas gemerkt hat.«

»Könnten Sie uns diesen Trick jetzt und hier vorführen?«, fragte die Kommissarin.

»Theoretisch schon«, wiederholte Frey. »Praktisch leider nicht. Ich brauche dafür eine dünne Nylonschnur. Und wie ich Ihnen ja bereits erklärt habe, wurde mir ebendiese letzte Nacht entwendet. Ich …« Frey brach ab. Gleichzeitig weiteten sich seine Augen. Er wandte sich hilfesuchend an die beiden Beamten.

»Um Himmels willen, wollen Sie mit all dem etwa andeuten, jemand hat meine Schnur dazu benutzt, um diesen entsetzlichen Mord zu begehen?«

»Wir wollen gar nichts andeuten«, antwortete Mattern unwirsch. »Wir wollen von Ihnen einfach nur wissen, wie jemand es angestellt haben könnte.«

»Ich kann diesen Trick aber nicht ohne einen feinen Draht oder eine Schnur durchführen.«

In dieser Sekunde griff Wiebke Eden in ihre Jackentasche, zog eine aufgerollte Schnur heraus und hielt sie Frey vor die Nase.

»Was ist das?«, fragte er.

»Die hohe E-Saite einer Konzertgitarre«, antwortete Wiebke. »Ich habe sie eben rasch von zu Hause geholt. Können Sie damit etwas anfangen?«

Frey nahm die Saite entgegen und rollte sie aus. Prüfend hielt er sie in Händen. »Ich denke schon. Ja, das sollte funktionieren.«

»Dann los«, forderte Wiebke ihr Gegenüber auf und trat ein Stück beiseite. Mattern tat es ihr gleich.

Eric Frey blickte sich unsicher zu den beiden um. »Sie wollen also, dass ich Ihnen zeige, wie der … der Mörder es getan haben könnte, ja?«

»Sie sind ein echter Blitzmerker!«, entfuhr es Mattern.

»Also schön, ich werde es versuchen.« Frey drehte sich mit dem Gesicht zum Fenster und führte das Ende der Gitarrensaite durch das Bohrloch, bis es auf der Außenseite des Fensters wieder auftauchte.

»Der Trick besteht darin, eine kleine Schlaufe zu binden und sie hier am inneren Fensterriegel zu befestigen. Und zwar so, dass sie sich später löst, wenn man von außen daran zieht. Warten Sie, ich werde es Ihnen vormachen.«

Frey machte sich an der Saite zu schaffen. Da seine Finger leicht zitterten, misslang der erste Versuch und er musste neu ansetzen.

»Einen Augenblick. Ich habe es gleich.«

Die beiden Beamten wechselten einen kurzen Blick miteinander. Auf Matterns Gesicht war ein fragender Ausdruck entstanden.

Wiebke Eden bedeutete ihm durch ein Zeichen, sich noch ein paar Sekunden zu gedulden.

»Ich bin fertig«, sagte Frey in diesem Augenblick und deutete auf die Schlaufe, die er um den Fensterriegel gebunden hatte.

»Angenommen, ich müsste nun also diesen Ort verlassen und es käme mir darauf an, dass niemand weiß, dass ich hier gewesen bin. Dann würde ich nun also aus dem Fenster steigen.«

»Machen Sie es vor«, sagte Wiebke Eden energisch.

Frey nickte ihr zu. Er trat an das Fenster heran und kletterte heraus. Dabei hielt er das äußere Ende der Nylonsaite in der Hand.

»Ich kann nun also vorsichtig an der Schnur ziehen, bis sich das Fenster schließt.« Der Alleinunterhalter nickte erneut und zog an der Saite. Da die Nylonschnur bei den diffusen Lichtverhältnissen fast nicht zu sehen war, wirkte es, als würde Frey vor dem Fenster eine pantomimische Vorstellung absolvieren.

»Wie Sie jetzt unschwer erkennen können, ist es zu«, rief er von draußen. »Aber der kleine eiserne Riegel befindet sich noch in einer senkrechten Position. Sehen Sie es?«

»Ja, Herrgott!«, rief Mattern von der anderen Seite. »Jetzt machen Sie keine Show daraus!«

»Ich ziehe nun erneut vorsichtig an der Schnur«, rief Frey unbeirrt weiter. »Und Sie werden feststellen, dass sich der Riegel umlegt und das Fenster damit verschließt. Die Schlaufe aber wird sich durch einen kurzen Ruck lösen und ich kann die Schnur ganz bequem komplett zu mir herausziehen.«

Die Nylonsaite straffte sich, und es gab ein kurzes, klickendes Geräusch, als der Riegel sich umlegte und das Fenster damit verschloss.

Frey nickte den beiden Beamten durch die Fensterscheibe zu und deutete auf die Schnur in seiner Hand. Er zog fest daran.

Wiebke Eden und Hinrich Mattern verfolgten, wie sich die Schnur wie von Zauberhand vom Riegel löste und mit einem sirrenden Geräusch durch das Bohrloch verschwand.

Mattern preschte sofort einen Schritt vor und versuchte, das Fenster aufzuziehen. Doch der umgelegte Riegel verhinderte es.

»Das gibt's doch nicht!«, blaffte der Kommissar und sah seine Kollegin aus großen Augen an.

Draußen stand Frey. Seine Mundwinkel zuckten leicht und er sah blass aus. Die Beamten trafen draußen mit ihm zusammen.

»Hier, die gehört ja wohl Ihnen«, sagte der Hobbyzauberer und reichte Wiebke die Gitarrensaite zurück.

»Ich hoffe, dass Sie jetzt klarer sehen«, fügte er hinzu. »Auch wenn ich sagen muss, dass mir nicht sehr wohl bei dem Gedanken ist, dass jemand meine Utensilien dafür benutzt hat, um ein Verbrechen damit zu begehen.«

Mattern trat einen Schritt auf ihn zu. »Die Frage ist doch: Woher kannte der Täter diesen Trick?«

Wieder weiteten sich Freys Augen. »Wollen Sie am Ende etwa auch noch behaupten, ich hätte die Tat begangen? Warum um alles in der Welt hätte ich denn das tun sollen?«

»Wissen Sie das wirklich nicht?«, fragte Mattern lauernd.

»Das Sparbuch«, presste Frey heraus. Seine Stimme klang spröde. Er wandte sich an Mattern. »Aber Sie glauben doch nicht ernsthaft, dass ich so bescheuert wäre, die Frau wegen ihres Sparbuchs umzubringen?«

»Zweihundertfünfzigtausend Euro nenne ich ein handfestes Motiv«, antwortete Mattern. »Unter bestimmten Voraussetzungen wird bei Sparbuchauszahlungen auch heute noch keine genaue Identitätsprüfung vorgenommen. Es kann ausreichend sein, nur das Sparbuch im Original vorzulegen. Und bedauerlicherweise scheint Femke Theis' Exemplar aus ihrer Handtasche verschwunden zu sein.«

»Aber … der Täter muss doch wohl damit rechnen, dass Sie das Bankinstitut instruieren. Ich meine … es kann doch keiner so blöd sein, anzunehmen, dass er damit durchkommt.«

Mattern sah den Alleinunterhalter ernst an. »Was in den Köpfen so mancher vorgeht, kann ich nicht beurteilen. Das ist auch nicht mein Job. Die Tatsache, dass das Verschwinden des Sparbuchs so schnell aufgeflogen ist, bedeutet für mich noch lange nicht, dass nicht doch jemand getötet hat, um es in seinen Besitz zu bringen.«

»Na großartig«, stieß Frey aus. »Dann habe ich mich Ihnen also gerade sozusagen ans Messer geliefert. Wie konnte ich nur so blöd sein?«

»Weil ich Sie höflich darum gebeten habe«, antwortete Wiebke Eden mit einem Lächeln. »Und jetzt beruhigen Sie sich mal wieder. Sie haben uns in jedem Fall gerade sehr weitergeholfen.«

Die Worte schienen den Mann nicht sonderlich zu beruhigen. Frey blickte unstet hin und her. Außerdem schien er eine trockene Kehle zu haben.

»Sie waren gestern Abend auf der Feier«, riss Mattern die Unterhaltung an sich. »Waren Sie die ganze Zeit über im Saal?«

Frey stieß einen leisen, ächzenden Laut aus. »Sehen Sie? Jetzt geht es schon los. Sie verdächtigen mich.«

»Wir müssen leider jeden verdächtigen, der auf der Feier war«, antwortete Mattern. »Wenn Sie nun noch meine Frage beantworten würden?«

»Ich war nicht durchgehend im Saal«, antwortete Frey prompt. »Ich denke, niemand kann das von sich behaupten. Drinnen war es nämlich ungewöhnlich heiß und stickig und durch die geöffneten Fenster kam kaum Luft herein. Deswegen sind viele immer wieder für ein paar Minuten rausgegangen, um sich etwas abzukühlen. Außerdem hatte ich draußen ja auch noch mein Glücksrad aufgestellt. Da gab es kleine Preise zu gewinnen.«

»Haben Sie die Feier gegen Mitternacht oder kurz vorher verlassen?«, fragte Mattern.

»Nein!«

»Die Antwort kam jetzt aber sehr spontan.«

»Weil ich genau weiß, worauf Sie damit abzielen«, rief Frey empört. »Der Mörder muss die Feier entweder mit der Braut oder allein verlassen haben, um seine Tat zu begehen. Aber das war nicht ich! Ich war die ganze Zeit über im oder vor dem Hotel, in dem die Feier stattfand. Und wenn Sie mir nicht glauben, dann …«

»Was dann?«

»Dann kann ich Ihnen auch nicht helfen. Wie ist das nun? Kann ich jetzt gehen oder wie?«

Kapitel 11

Die Kommissare hatten Eric Frey entlassen und waren nach einer kurzen Ruhepause mit wenig Schlaf als zwei der ersten Gäste in einem der Inselcafés eingekehrt, um ein anständiges Frühstück einzunehmen.

Der Wirt hatte ihnen einen Tisch am Rand der Außenterrasse zugewiesen, sodass sie sich nahezu ungestört unterhalten konnten.

»Was hat uns der Zauberer nun eigentlich vorgeführt?«, fragte Mattern über ihre Frühstücksutensilien hinweg. »Haben wir wirklich die Methode gesehen, die der Mörder angewandt hat, oder ist das alles kompletter Unsinn und ich werde langsam verrückt?«

Wiebke Eden beobachtete ihren Vorgesetzten dabei, wie er mit einem Buttermesser ein helles Brötchen massakrierte, das fast bis zur Gänze in seiner Hand verschwunden war.

»Ich gebe zu, das alles klingt einigermaßen fantastisch«, räumte sie ein, »allerdings glaube ich nicht an Zufälle. Wir haben den Keil, wir haben das frische Bohrloch im Fenster und dann ist da auch noch Freys verschwundene Nylonschnur.«

»Zumindest behauptet er, dass sie verschwunden ist«, grummelte Mattern, der das Messer beiseitelegte und das Brötchen kurzerhand auseinanderriss. Zufrieden mit seinem Werk begann er damit, das weiche Innenleben aus dem Backwerk zu zupfen und es sich nach und nach in den Mund zu stopfen.

Wiebke Eden runzelte kurz die Stirn und goss sich einen Tee ein.

»Hinzu kommt, dass ich nach wie vor keinen Grund für einen Selbstmord sehe«, schob sie hinterher.

»Das heißt also?«, fragte Mattern kauend.

»Für mich bedeutet es Mord«, antwortete Wiebke. »Mehr noch: Da hat jemand alles daran gesetzt, es wie einen Selbstmord aussehen zu lassen. Diese Person hat ziemlich hoch gepokert, wenn Sie mich fragen. Sie hat zum Beispiel darauf gesetzt, dass wir den Trick mit dem Fenster und der Schnur nicht durchschauen würden.«

»Es ehrt Sie, dass Sie *wir* gesagt haben«, antwortete Mattern. Der Hauptkommissar setzte seine Kaffeetasse an die Lippen und genehmigte sich einen kräftigen Schluck.

»Kommen wir zum Motiv.« Der Hauptkommissar nahm das Messer zur Hand und köpfte damit sein Frühstücksei sauber mit einem einzigen Schlag. »Was denken Sie darüber?«

Wiebke Eden wiegte ihren Kopf leicht hin und her. »Da sehe ich momentan nur das Sparbuch. Vielleicht ist unter den Gästen jemand, der sich in akuten Geldnöten befindet. Ansonsten habe ich unter den Leuten kein Potential für Hass oder Rache gesehen. Femke Theis scheint bei allen sehr beliebt gewesen zu sein.«

»Was halten Sie von Leonie Decker?«, wollte Mattern wissen. »Immerhin hatte sie ein paar sehr konkrete Hinweise auf die Tat. Und zwar noch bevor sie geschehen ist. Ehrlich gesagt verstehe ich nicht, was mit dieser Frau los ist. Aber sie könnte noch immer Gefühle für ihren Ex haben. Gewissermaßen hat sie genau das ja sogar zugegeben. Ihr ganzes Verhalten strahlt es aus.«

»Die Nummer mit den Karten ist schon ein wenig unheimlich«, gestand Wiebke Eden. »Aber vielleicht messen wir der Sache auch zu viel Bedeutung bei. Geht es denn nicht beim Kartenlegen irgendwie immer um Liebe, Glück, Leben und Tod? Nur manche Menschen werden offenbar mehr von dieser dunklen Seite angezogen. Ich bin sicher, es stand auch viel Erfreuliches in diesen Karten. Aber Leonie Decker hat sich nur die schlimmen Sachen eingeprägt. Und für ein sensibles Gemüt wie sie kann sowas natürlich fatal sein.«

»Mit anderen Worten: Sie glauben, diese Decker ist eine harmlose Spinnerin?«

Die Kommissarin nahm einen Schluck Tee und blickte nachdenklich auf die Dünen hinaus, die sich in einiger Entfernung vor ihnen erhoben.

»Ich würde sie nie so bezeichnen. Und ob sie harmlos ist oder nicht, wird sich hoffentlich noch herausstellen.«

»Haben Sie das Sparbuch bereits sperren lassen?« Mattern wischte sich mit einer Papierserviette Butter vom linken Daumen.

»Ja«, gab Wiebke Eden zurück. »Es war noch kein Versuch unternommen worden, etwas abzuheben. Sollte dennoch jemand versuchen, darauf zuzugreifen oder das Sparbuch bei einer Filiale vorzulegen, werden wir umgehend benachrichtigt.«

»Gut. Dann bleibt uns im Augenblick eigentlich nichts anderes übrig, als die Hotelzimmer der Hochzeitsgäste zu durchsuchen.«

Wiebke sah ihren Kollegen skeptisch an. »Ich kann mir nicht vorstellen, dass Sie dafür einen Durchsuchungsbeschluss bekommen.«

»Kaum«, antwortete Mattern. »Dafür dürften die Verdachtsmomente nicht ausreichen. Ich hoffe eher auf die Kooperation des Hoteldirektors. Wir werden schnell und natürlich diskret vorgehen müssen.«

»Glauben Sie, dass es jemand von den Gästen gewesen ist?«, fragte Wiebke Eden.

Mattern sah sie lange nachdenklich an. Seine Stirn hatte er in Falten gelegt. »Ja. Das glaube ich. Dafür spricht der aus dem Hotel entwendete Keil.« Der Hauptkommissar schüttelte den Kopf und knüllte seine Serviette zusammen, die wenig später auf seinem Teller landete.

»Das Ganze ist einigermaßen verrückt. Wir können von Glück sagen, dass die Presse bisher noch keinen Wind davon bekommen hat. Die hätten daraus eine Riesensache gemacht.«

»Kommt vielleicht noch«, sagte Wiebke und leerte ihre Tasse.

Sie winkten der jungen Bedienung und zahlten die Rechnung.

Danach ging es zurück an die Arbeit. Noch immer befand sich auf Spiekeroog ein Mörder auf freiem Fuß. Und dass dieser zu allem bereit war, hatte er bereits einmal unter Beweis gestellt.

Kapitel 12

»Wo wollen Sie hin?«

Die scharfe Stimme des alten Mannes im Rollstuhl ließ Janne Holzmann herumfahren.

»Ich wollte nach draußen. Nur ein bisschen frische Luft schnappen.«

»Sie gehen nirgendwohin.«

Die junge Pflegerin blieb an der Zimmertür stehen. »Okay. Und was wollen Sie, das ich stattdessen tue?«

»Ich möchte, dass Sie mir meinen Anzug aufbügeln. Ich will in den Gottesdienst.«

Janne hob ihre Augenbrauen an. »Das kommt etwas überraschend. Aber … natürlich, ich werde sehen, ob ich im Hotel ein Bügeleisen auftreiben kann.«

Der Alte kam in seinem Stuhl näher. Seine knorrigen Finger umfassten die Reifen und trieben sie mit kurzen, kraftvollen Bewegungen an. Kurz vor der Pflegerin kam der Rollstuhl zum Stehen. Gunther Hansen sah die junge Frau mit hartem Blick an.

»Ich bin nie ein gläubiger Mensch gewesen. Die Kirche war mir immer egal. Aber ich habe gestern meine einzige Tochter verloren, der einzige Mensch, der mir überhaupt noch etwas bedeutet hat. Wie es aussieht, werde ich mir für den Rest meiner Tage neue Freunde suchen müssen. Warum nicht in der Kirche?«

Janne Holzmann nickte. »Wie Sie meinen, Herr Hansen.«

Der Alte vollführte eine ungeduldige Handbewegung. »Gehen Sie und sorgen Sie dafür, dass der Anzug ordentlich aussieht, wenn der Gottesdienst losgeht.«

Die Pflegerin nickte und verließ das Zimmer.

Sie war kaum ein paar Schritte gegangen, als sie im Korridor auf zwei weitere Gäste des gestrigen Abends traf.

Annette Küster und Jan Brohm, die beiden Trauzeugen, hatten sich offenbar auf den Weg zum Hotelfrühstück gemacht. Beide sahen aus, als hätten sie in der vergangenen Nacht nicht viel Schlaf bekommen.

»Guten Morgen«, grüßte Nettie Küster, als sie die junge Frau bemerkte, die sich gerade in Richtung Rezeption bewegte. »Wie geht es Herrn Hansen heute Morgen?«

Janne Holzmann war stehen geblieben. Sie wandte sich den beiden anderen zu.

»Er hat die ganze Nacht am Fenster gesessen und nach draußen gestarrt. Ich glaube nicht, dass er auch nur eine Sekunde lang geschlafen hat.«

Die beiden Trauzeugen blickten sich betroffen an.

»Gibt es irgendetwas, das wir tun können?«, fragte Brohm.

Die Pflegerin schüttelte den Kopf. »Ich glaube kaum. Er lässt einfach niemanden an sich heran. Heute Morgen war es besonders schlimm. Er hat kaum mit mir gesprochen. Nur dass er gleich in die Alte Inselkirche will, das hat er mir erzählt. Er will das erste Mal seit Jahrzehnten an einem Gottesdienst teilnehmen.«

»Ist vielleicht keine schlechte Idee«, überlegte Brohm und tauschte einen kurzen Blick mit Femke Theis' Trauzeugin. »Ich denke, Steffen wird vielleicht auch teilnehmen wollen. Vielleicht wird Pastor Fuchs ein paar aufbauende Worte sagen. Ich kann mir nicht vorstellen, dass er gar nichts dazu sagen wird.«

Annette Küster sah auf ihre Uhr. »Dann sollten wir uns mit dem Frühstück beeilen, wenn wir rechtzeitig sein wollen.«

Die beiden verabschiedeten sich von der Pflegerin.

Janne Holzmann sah ihnen nach, wie sie durch das Foyer in den Frühstücksraum traten.

Für einen Moment blieb sie stehen, in Gedanken versunken.

Es waren schwere, dunkle Gedanken, die sie wälzte. Sie hatten zu tun mit dem, was letzte Nacht geschehen war. Und sie ließen sie nicht los, ganz egal, was sie auch dagegen zu unternehmen versuchte. Sie stand vor einer schweren Entscheidung, die möglicherweise ihr weiteres Leben beeinflussen würde.

Janne Holzmann tat einen tiefen Atemzug. Dann gab sie sich einen Ruck und steuerte auf die Rezeption des Hotels zu.

***

Keine drei Stunden nach ihrem letzten Einsatz beim Pavillon trat Hauptkommissar Mattern durch den Haupteingang des *Hotels Strandglück*. Die rötliche Bodenvase, die noch immer den fehlenden Holzkeil ersetzte, bedachte er nur mit einem kurzen, mürrischen Blick. Er steuerte direkt auf die Rezeption zu, an der er die Pflegerin Janne Holzmann entdeckte, die gerade von einer jungen Hotelangestellten ein Bügeleisen in Empfang nahm.

Mattern grüßte sie mit einem Kopfnicken. »Sie scheinen sich ja heute früh schon einiges vorgenommen zu haben.«

Die Pflegerin lächelte kurz, es wirkte gequält. Mehr war von ihr jedoch vermutlich auch nicht zu erwarten gewesen.

»Herr Hansen möchte seinen Anzug aufgefrischt haben. Er will zum Gottesdienst in die Alte Inselkirche. Außer ihm wohl auch die meisten anderen Hochzeitsgäste.«

»So?« Mattern reagierte ein wenig überrascht, auch wenn die Entscheidung des alten Mannes und der anderen sicher nachvollziehbar war. Sie brachte ihn jedoch auf einen Gedanken, den es später mit dem Hotelinhaber oder einem leitenden Angestellten zu besprechen galt. Zunächst jedoch wandte er sich wieder an die junge Pflegerin.

»Wo Sie schon mal hier sind, können Sie mir vielleicht noch eine Frage beantworten.«

Janne Holzmann machte ein unglückliches Gesicht. Sie blickte sehnsüchtig in Richtung des Korridors, wo ihr Zimmer lag.

»Keine Angst, es dauert nicht lange«, beeilte sich Mattern zu versichern. »Ich habe mich nur Folgendes gefragt: Sie haben gestern Nacht in einer Mauernische gestanden, sagten Sie. Um zu rauchen.«

Die Pflegerin nickte. Das Kabel des Bügeleisens fiel herunter. Sie machte sich daran, es wieder um das Gerät zu wickeln.

»Ich habe mir diese Nische gerade eben angesehen«, erklärte Mattern. »Von dort aus hat man einen guten Blick auf den Haupteingang und den Weg, der zum Hotel führt. Und zumindest nachts dürfte man an der Stelle kaum gesehen werden.«

»Das stimmt nicht ganz«, stellte Janne richtig. »Herr Theis hat mich zum Beispiel bemerkt. Er kam zu mir, und wir haben ein paar Minuten miteinander geredet.«

»Er hat Sie dort gesehen?«, hakte Mattern interessiert nach. Der Anflug eines Lächelns huschte über sein Gesicht. »Ah, ich verstehe: weil Sie geraucht haben. Das Glühen Ihrer Zigarette hat Sie verraten.«

»So wird es wohl gewesen sein«, antwortete die Pflegerin achselzuckend. »Würden Sie mir verraten, worauf Sie hinauswollen? Ich habe es nämlich etwas eilig.« Sie hob demonstrativ das Bügeleisen in die Höhe.

Mattern winkte ab. »Sie haben gestern bei der Befragung angegeben, dass Sie Frau Theis hätten sehen müssen, wenn sie sich durch den Hauptausgang vom Hotel entfernt hätte. Richtig?«

»Das ist richtig.«

»Sie sagten weiter, Sie hätten die Braut nicht gesehen. Haben Sie vielleicht jemand anderes beobachtet, wie er den Saal verlassen und sich über den Hauptweg vom Hotel entfernt hat?«

»Nein.«

Mattern beobachtete die Frau genau. Ein hilflos wirkender Ausdruck stahl sich für einen Sekundenbruchteil in ihren Blick. Er verschwand genauso schnell wieder, wie er gekommen war.

»Sind Sie sich da ganz sicher?«

»Ja«, antwortete die Pflegerin. Dann schien ihr noch ein Gedanke gekommen zu sein. »Natürlich sind laufend Gäste nach draußen gekommen und nach ein paar Minuten wieder in den Saal gegangen, aber ich habe niemanden gesehen, der das Gelände verlassen hat.«

»Und niemanden, der sich dem Gebäude irgendwann von außerhalb genähert hat?«

»Nein, niemanden. War das jetzt alles, Herr Kommissar? Ich will nicht unhöflich sein, aber Herr Hansen wartet auf mich.«

»Gehen Sie nur«, bemerkte Mattern mürrisch. Er sah der jungen Frau nach, bis sie im Korridor verschwunden war.

Dann wandte er sich an die Angestellte an der Rezeption. Beiläufig hielt er ihr seinen Dienstausweis hin.

»Sie wissen, worum es geht, nicht wahr?«, raunte er der jungen Frau zu. Dabei hatte er eine verschwörerische Miene aufgesetzt.

»Mein Chef sagte, dass Sie kommen würden«, antwortete die Frau, wobei sie Matterns Tonfall bewusst oder unbewusst kopierte.

»Ich habe gehört, dass die Gäste der Hochzeitsfeier heute am Gottesdienst teilnehmen werden.«

Die Angestellte nickte.

»Das ist gut«, bemerkte Mattern. »Ich beabsichtige nämlich, dieses Zeitfenster zu nutzen, um die Durchsuchung der Zimmer vorzunehmen. Sie haben doch sicher eine Generalschlüsselkarte, die Sie mir zu diesem Zweck zur Verfügung stellen können?«

Kapitel 13

Die Alte Inselkirche war bis auf den letzten Platz gefüllt.

Pastor Matthias Fuchs stand noch am Eingang, wo er die Gäste des anstehenden Gottesdienstes persönlich begrüßt hatte. Mittlerweile war der Besucherstrom versiegt. Alles hatte sich auf die weißen Holzbänke gedrängt.

Der Rollstuhl von Gunther Hansen hatte vor der ersten Reihe einen Platz gefunden.

Fuchs wischte sich über seine Stirn und atmete tief durch. »Ich bin tatsächlich ein klein wenig aufgeregt«, sagte er leise.

Katharina Mock legte ihm sanft eine Hand auf den Unterarm. »Kein Grund zur Besorgnis. Sie werden ganz sicher die richtigen Worte finden.«

Fuchs lächelte ihr flüchtig zu. Das Glockengeläut setzte ein.

»Es wird Zeit«, sagte er und nickte der Frau vom Kirchenbüro zu. Er wandte sich um und betrat die Kirche. Mit gemächlichen und zugleich würdevollen Schritten bewegte er sich auf den mit Blumen geschmückten weißen Altar zu, vor dem er einen Augenblick andächtig stehen blieb.

Als er sich umdrehte und seine Predigt begann, fiel sein Blick zunächst auf den alten Mann im Rollstuhl.

Gunther Hansen hatte seinen Kopf leicht geneigt. Seine Hände waren wie zum Gebet gefaltet, er hatte die Augen geschlossen.

Auf den Bänken verteilt, erkannte er einige der Hochzeitsgäste vom vergangenen Abend. Nein, korrigierte er sich kurz darauf, sie waren alle gekommen, um die Nähe zu Gott und die Gemeinschaft der Gläubigen zu suchen.

Eine Erkenntnis, die ihn mit innerem Frieden erfüllen sollte, was allerdings nicht der Fall war, denn er selbst war noch immer innerlich aufgewühlt von den Ereignissen.

Er würde etwas über die Tote sagen müssen, die er vor nicht einmal vierundzwanzig Stunden am Strand von Spiekeroog getraut hatte. Nur gut, dass er dazu etwas vorbereitet hatte.

Während des ersten Liedes erkannte er in der letzten Reihe den jungen Witwer Theis. Selbst auf dieser Distanz erkannte Fuchs, dass die Augen des Mannes gerötet waren.

Theis saß am Gang und starrte stur geradeaus, in Richtung des Altars. Es war, als könnte Fuchs den Blick auf sich lasten spüren.

Die Musik verebbte und er kam nun auf die gestrigen Ereignisse zu sprechen, die inzwischen bereits wie das sprichwörtliche Lauffeuer die Runde gemacht hatten. Fuchs wusste durch Katharina Mock, die schon früh auf gewesen war, dass zahlreiche Menschen, vorwiegend Urlauber, den Pavillon umringt und geradezu belagert hatten, um einen Blick darauf zu erhaschen oder, schlimmer noch, Selfies mit ihrem Handy zu schießen. Eine Sache, die Fuchs ärgerte und die er definitiv auch zur Sprache bringen würde.

Während seiner Worte, die er mit Bedacht gewählt hatte, öffnete Gunther Hansen nicht ein einziges Mal die Augen. Er wirkte, als sei er in einen tiefen Schlaf verfallen oder zumindest doch in einen Zustand der bleiernen Lethargie.

Erst als Fuchs geendet hatte und sich die Gemeinde zum Glaubensbekenntnis erhob, blickte der Vater der Toten zu ihm herüber. Fuchs erschrak beinahe, als sich ihre Blicke trafen.

Nach Ende des Gottesdienstes verließen die Besucher nach und nach das kleine Inselgotteshaus.

Fuchs war beim Altar stehen geblieben und sah der Menge nach, wie sie dem Ausgang entgegenströmte.

Auch der Pastor löste sich nun von seiner Stelle. Er trat auf Gunther Hansen und seine junge Pflegerin zu, die noch einen Moment abwartete, bis der Weg nach draußen frei war.

»Ich möchte Ihnen nochmals mein Mitgefühl aussprechen«, erklärte Fuchs und streckte seine Hand vor.

Gunther Hansen ergriff sie. Der Händedruck war erstaunlich kräftig, wie Fuchs nebenbei registrierte.

»Danke«, kam es knorrig aus dem Rollstuhl zurück.

»Ich halte es für eine wunderbare Geste, dass Sie heute Morgen hierhergekommen sind. Und vor allem, dass Ihnen so viele gefolgt sind. Möge es Ihnen in diesen schweren Stunden ein kleiner Trost sein, auch wenn der Schmerz und die Trauer …«

Gunther Hansen hob abwehrend die Hände. »Bitte ersparen Sie uns das. Ich brauche keinen Zuspruch, denn letztlich muss ich doch allein mit dem Verlust fertigwerden. Ich war nie ein großer Kirchengänger und wir wollen es daher nicht übertreiben.«

»Ich verstehe«, antwortete Fuchs lakonisch. Sein Blick fiel auf Janne Holzmann, die sich hinter dem Stuhl aufgebaut hatte. Ihre weißen Hände hielten die beiden Griffe fest umklammert.

Sie sah aus, als wollte sie etwas sagen, doch offenbar brachte sie nichts heraus, was in dieser Situation geeignet gewesen wäre.

»Ich wünsche Ihnen alles Gute«, sagte Fuchs in die unangenehm wirkende Stille hinein. »Und sollten Sie doch einmal Gesprächsbedarf haben, zögern Sie nicht, mich oder meine Mitarbeiterin anzusprechen.«

Hansen gab einen grummelnden Laut von sich. Er hatte seinen Blick bereits vom Geistlichen abgewandt. Er hob seine rechte Hand. Eine Geste, die nicht dem Pastor, sondern der Pflegerin galt.

»Schaffen Sie mich raus, ich muss an die Luft.«

***

»Nichts«, entfuhr es Hinrich Mattern. »Ich habe überhaupt nichts gefunden, was uns weiterbringen könnte.«

Die Zimmertür fiel hinter ihm ins Schloss.

»Ich habe mich im Zimmer von Niklas Schrader und Christin Specht umgesehen«, erklärte Wiebke Eden. »Dasselbe Ergebnis. Es scheint, als würden wir im Augenblick auf der Stelle treten.«

»Das war das letzte Zimmer«, erklärte der Hauptkommissar und deutete mit dem Daumen hinter sich. »Es gehört Jan Brohm. Der Mann scheint eine ausgesprochene Vorliebe für Werder Bremen zu haben. Er hat jedenfalls seine eigene Bettwäsche von zu Hause mitgebracht. Nur das verflixte Sparbuch taucht nicht auf. Aber das wäre wohl auch zu einfach gewesen.«

»Wer weiß, ob es überhaupt noch existiert«, gab Wiebke zu bedenken. »Vielleicht hat der Täter kalte Füße bekommen und es entsorgt. Dann finden wir es unter Umständen nie.«

»Abwarten«, sagte Mattern. »Ich weiß nicht, wie es mit Ihnen steht, aber ich werde mir nochmal den Witwer vornehmen. Vielleicht hat er sich inzwischen an das eine oder andere Detail von gestern Abend erinnert. Möglich wär's ja.«

»Gute Idee«, antwortete Wiebke. »Ich habe inzwischen Leonie Decker angerufen. Ich wollte wissen, ob sie noch auf der Insel ist.«

»Und?«

»Sie hat ihr Zimmer verlassen, hat quasi ausgecheckt. Augenblicklich ist sie bei Katharina Mock im Pastorat untergekommen.«

»Wie kam das?«

Die Kommissarin zuckte mit den Schultern. »Offenbar wollte Frau Decker die Insel noch nicht verlassen. Frau Mock hat ihr wohl daraufhin angeboten, ins Fremdenzimmer des Pastorats zu ziehen, nachdem sich die beiden draußen vor dem Hotel unterhalten hatten. Das Haus ist nämlich bis unters Dach ausgebucht, vor allem wegen der Hochzeitsgesellschaft.«

Mattern nickte nachdenklich. »Vielleicht fahren Sie hin und sprechen nochmal mit Frau Decker und auch mit Pastor Fuchs und Frau Mock. Immerhin möglich, dass die noch was aufgeschnappt haben. Der Gottesdienst sollte ja inzwischen auch aus sein.«

»In Ordnung«, antwortete die Kommissarin. »Falls ich etwas erfahren sollte, gebe ich Ihnen sofort Bescheid.«

***

»Brauchen Sie noch etwas, Herr Hansen?«

Janne Holzmann hatte ihre Wange an die Verbindungstür des Doppelzimmers gelegt. Aus dem Zimmer dahinter kamen leise raschelnde Geräusche.

Dann die altbekannte knorrige Stimme, die Janne immer an einen uralten Baum erinnerte: »Nein. Lassen Sie mich in Ruhe. Ich bin müde. Ich werde versuchen, zu schlafen.«

Die Frau vor der Tür antwortete nicht mehr. Sie wusste inzwischen, wann es besser war, den Mund zu halten.

Janne Holzmann wandte sich ab und streifte durch ihr Zimmer, als ihr Handy klingelte. Sie blickte gebannt auf ihr Display, doch es wurde keine Rufnummer angezeigt. Sie hatte ihren Klingelton zwar auf die leiseste Stufe eingestellt, beeilte sich aber dennoch, die Verbindung anzunehmen, denn Hansens Ohren waren für sein Alter nicht nur erstaunlich gut, sondern an manchen Tagen sogar ausgesprochen empfindlich.

»Hallo?«, flüsterte sie zaghaft in das Gerät.

»Sie wollten mich sprechen.«

Die Stimme am anderen Ende war genauso leise wie ihre.

»Ja. Wir haben einiges zu bereden, meinen Sie nicht?«

»Möglich.«

»Ich habe jetzt Zeit. Mein Patient schläft.«

»Wie stellen Sie sich das vor? Ich kann doch nicht einfach …« Die Stimme brach abrupt ab.

Janne Holzmann lauschte in den Lautsprecher ihres Handys. Es waren keine Hintergrundgeräusche zu hören. Offenbar hielt sich die Person, mit der sie telefonierte, in einem geschlossenen Raum auf. Und sie schien nachzudenken.

»Also gut, treffen wir uns. Wie lange haben Sie Zeit?«

»Höchstens eine Stunde«, antwortete Janne flüsternd. Ihr Blick wanderte dabei automatisch zu der geschlossenen Zwischentür hinüber.

»Das sollte reichen.«

»Wo treffen wir uns?«

»Ich gebe Ihnen einen Ort durch. Hören Sie zu. Wenn Sie das bekommen wollen, worauf Sie aus sind, ist es wichtig, dass Sie jetzt ganz genau das tun, was ich Ihnen sage.«

»In Ordnung«, antwortete Janne.

Und die Stimme verriet ihr im Flüsterton ein stilles Geheimnis.

***

Inzwischen war es später Vormittag geworden. Die Temperaturen waren in die Höhe geklettert und würden sicher bis zum Mittag die Dreißig-Grad-Marke erreichen.

Am Strand herrschte jedoch ein frischer Wind, der ein wenig Abkühlung brachte.

Mattern drehte sich mit dem Rücken gegen die Brise und schleuderte in hohem Bogen eine Frisbeescheibe von sich.

Auf diesen Augenblick hatte Marlowe, sein Golden Retriever, bereits sehnsüchtig gewartet. Der Hund sprintete aus dem Stand los, um die Scheibe nach Möglichkeit noch in der Luft zu erwischen. Das gelang ihm nur beinahe, da der Wind das Sportgerät schnell abdriften ließ. Der Frisbee schlug zu Boden, Sand spritzte auf.

Marlowe gab einen freudig winselnden Laut von sich, schnappte nach der Scheibe und machte sofort wieder kehrt, als ginge es darum, einen Geschwindigkeitsrekord aufzustellen.

»Wenn es nach ihm ginge, könnten wir das jetzt den ganzen Tag machen«, erklärte Mattern dem Mann, der neben ihm an der Wasserlinie ging. »Ich hätte nicht mal was dagegen, aber leider ist da noch dieser Todesfall, den es aufzuklären gilt. Es tut mir leid, Ihnen das so unverblümt sagen zu müssen, aber die Möglichkeit, dass Ihre Frau einem Verbrechen zum Opfer gefallen sein könnte, wird für uns immer wahrscheinlicher.«

Steffen Theis blieb abrupt stehen und starrte den Beamten an. »Was sagen Sie da? Aber … wie kommen Sie darauf?«

Mattern unterrichtete ihn von den Erkenntnissen, die sich im Laufe der letzten Nacht und des frühen Morgens ergeben hatten. Währenddessen nahm er seinem Hund den Frisbee ab und schleuderte ihn einige Meter weit fort.

Marlowe sprintete erneut los und gab dabei ein aufgeregtes Winseln von sich.

Doch keiner der beiden Männer beachtete das Tier in diesem Augenblick.

Theis stand noch immer auf der Stelle. Seine Schuhe hatten sich zwei oder drei Zentimeter tief in den Sand gearbeitet.

»Wie ist das möglich? Ich meine, wer sollte denn einen Grund gehabt haben, Femke umzubringen?«

»Das wissen wir noch nicht«, antwortete Mattern. »Auch ist für uns noch immer kein eindeutiges Motiv in Sicht, einmal abgesehen von dem Sparbuch, das offensichtlich verschwunden ist.«

Steffen Theis starrte gedankenverloren auf das Meer hinaus. Um sie herum herrschten Lachen, Fröhlichkeit und das gelegentliche Gebell vom Hundestrand. Und mittendrin er, ein Mann, dessen Welt in der letzten Nacht zusammengebrochen war. Langsam drehte er sich zum Kommissar um.

»Wenn das so ist, werde ich alles tun, Ihnen zu helfen, um dieses Schwein zu kriegen.«

Mattern nickte. Marlowe preschte heran und legte den Frisbee vor den Füßen seines Herrn ab. Der Hauptkommissar griff danach und schickte das Gerät wieder auf die Reise.

Anschließend wandte er sich erneut Steffen Theis zu.

»Wir halten es für wahrscheinlich, dass der Mörder auf Ihrer Hochzeitsgesellschaft war. Mit anderen Worten: Es handelt sich um einen der Gäste.« Mattern wartete ab, bis eine Gruppe von Spaziergängern an ihnen vorüber war. »Können Sie sich vorstellen, wer von ihnen es gewesen sein könnte?«

Sie setzten sich langsam wieder in Bewegung. Theis war still, dachte nach und blickte dabei immer wieder ziellos in die Ferne.

»Femke hat keinem von denen was getan«, sagte er nach einer ganzen Weile, die sie stillschweigend nebeneinanderher gegangen waren. »Sie hatte mit niemandem Streit. Sie hat immer versucht, es allen recht zu machen. Und jetzt das. Mir kommt es so vor, als hätte das Leben selbst sie bestraft. Weil sie einfach zu gut für diese Welt war. So wie damals offenbar bei ihrer Tante.«

Mattern sammelte den Frisbee wieder ein, da Marlowe offenbar die Lust an dem Spiel vergangen war. Der Retriever trottete zufrieden neben seinem Herrn her.

»Was meinen Sie damit? Was war denn mit ihrer Tante?«

»Sie ist vor etwa zehn Jahren das Opfer eines Verbrechens geworden. Femke hat mir nie gesagt, was wirklich passiert ist. Aber nach allem, was ich herausgehört habe, ist die Frau damals umgebracht worden.«

Mattern war stehen geblieben. Marlowe gähnte und setzte sich mit seinem Hinterteil in den Sand.

»Und was genau hatte Ihre Frau damit zu tun?«

Theis zuckte mit den Schultern. »Das Ganze ist lange vor unserer gemeinsamen Zeit passiert. Ich habe sie ein paar Mal gefragt, was damals wirklich gewesen ist, aber Femke hat immer wieder abgeblockt, wenn ich das Gespräch auf dieses Thema gebracht habe. Ich habe es dann irgendwann aufgegeben. Allerdings weiß ich, dass sie diese Sache sehr beschäftigt hat. Sie hat sogar überlegt, sich deswegen in eine therapeutische Behandlung zu begeben.«

»Ist der Fall seinerzeit aufgeklärt worden?«, fragte Mattern.

»Auch das weiß ich nicht. Aber ich kann Ihnen sagen, wen Sie danach fragen können.«

»Wen?«

Theis blieb stehen und blinzelte den Kommissar gegen die Sonne an. »Femkes Vater Gunther. Die Tote war seine Schwester!«

Kapitel 14

Sie näherte sich dem Gelände im Schutz der dicht stehenden Bäume. Das Erste, was ihr auffiel, war die Stille. Der um diese Zeit überaus belebte Strand lag schätzungsweise einen Kilometer weit entfernt und das Gebäude, auf das sie zusteuerte, befand sich am Rand der Siedlung. Um sie herum war für einen Moment nichts als friedvolle Geräuschlosigkeit. Die einzigen Laute erzeugten ihre Schritte im Inselgras, als sie sich wie ein wildes Tier von der Rückseite her an das bebaute Gelände heranpirschte.

Sie wollte, sie durfte nicht auffallen. Wenn sie von den falschen Personen gesehen wurde, war alles vergebens und ihre Chance vertan.

Janne Holzmann tauchte in den schmalen Schatten einer Buche und lehnte sich für ein paar kostbare Sekunden gegen den glatten Stamm. Er fühlte sich angenehm kühl an.

Keine zehn Meter vor ihr befand sich ein kleiner, verwilderter Garten mit einem Gerätehaus aus Natursteinen, einem Gemüsebeet und zahlreichen Sträuchern. Von dort führte ein von Unkraut halb überwucherter Plattenweg zum Haus hinüber.

Janne würde an der Ecke des Gerätehauses auf ihre Verabredung warten. Sie hatte sich bereits auf dem Weg hierher einige Worte zurechtgelegt. Außerdem war da das Messer in ihrer Hosentasche. Sie war kein Kind von Traurigkeit und traute sich durchaus einiges zu. Und wenn es hart auf hart kam, würde sie …

Sie verscheuchte diesen düsteren Gedanken. Es würde nicht so weit kommen. Sie würden ein Gespräch führen, mehr nicht. Im Grunde war sie sich nicht einmal ganz sicher, ob sie überhaupt mit ihrer Vermutung richtiglag. Mit dem, was sie gestern Abend im Schutz der Nische beobachtet hatte …

Ein kurzer Blick nach allen Seiten. Es war noch immer ruhig, niemand war zu sehen.

Janne löste sich aus ihrer Deckung und hastete über das freie Feld bis zum Garten hinüber. Sie spürte, wie sich dabei ein dünner Schweißfilm auf ihrer Stirn bildete.

Sie bahnte sich ihren Weg zwischen zwei Hagebuttensträuchern hindurch. Da drinnen summte es. Eine große Hummel stieg protestierend auf und flog davon.

Janne wagte sich ein paar Schritte weiter vor. Sie hatte die Ecke des Gartenhauses erreicht. Die Felssteine strömten eine intensive Wärme aus, genauso wie das rote Pfannendach.

Direkt neben ihr befand sich eine Holztür mit einem eisernen Riegel, der lose herunterhing. Die Tür war nicht ganz geschlossen, sie schlug leise im Wind gegen den Rahmen.

Janne sah auf die Uhr. Es war bereits zwei Minuten über der Zeit. Sollte sich ihre Verabredung verspätet haben?

Ein Geräusch riss sie aus ihren Gedanken. Ein leises Rascheln, so als sei noch jemand hinter ihr durch das trockene Gras gegangen.

Hastig blickte sie sich um, doch es war niemand zu sehen. Und doch beschlich sie plötzlich das Gefühl, nicht mehr allein an diesem Ort zu sein.

Die ganze Szene hatte etwas Unwirkliches. Die Insel war von Touristen überflutet, überall fanden Aktivitäten statt, und die Luft war erfüllt von Geräuschen. Dieser Ort hingegen schien eine der wenigen kleinen Oasen zu sein, die nichts als Ruhe ausstrahlten. Eigentlich hätte sie dieses Gefühl auch in sich spüren müssen, aber dem war nicht so. Janne Holzmann spürte, dass ihr Puls schneller ging, je mehr Zeit verstrich und je näher sie dem Treffen kam.

Mit einem leisen Klacken schlug die lose Tür gegen den Rahmen. Janne zuckte zusammen, obwohl sie wusste, dass wiederum nur der leichte Wind für diese Bewegung verantwortlich gewesen war.

Plötzlich war ein Schatten neben ihr. Eine Gestalt, die eine fordernde Bewegung mit ihren Händen vollführte.

»Gehen Sie rein, schnell!«

Die Stimme ließ keine Widerworte zu. Mehr aus einem Reflex heraus gehorchte Janne. Sie trat auf die Tür zu und zog sie zu sich heran.

»Beeilen Sie sich, oder wollen Sie etwa gesehen werden?« Die Stimme flüsterte genau wie zuvor am Telefon. »Keine Angst, ich werde Ihnen nichts tun. Sie wollten doch immerhin reden, nicht wahr?«

Janne spürte eine leichte Bewegung in ihrem Rücken. Im nächsten Augenblick war sie in das nahezu vollkommene Dunkel des Gartenhauses eingetaucht.

Im Innern herrschten angenehm kühle Temperaturen. Allerdings gab es hier etwas, das einen unangenehmen Geruch verströmte. Es roch nach faulen Kartoffeln und einer anderen Sache, die Janne nicht zuordnen konnte. Etwas Süßlich-Schweres lag in der Luft, und je länger sie sich hier drinnen aufhielt, desto mehr drohte es ihre Sinne zu benebeln.

Ihre Augen benötigten ein paar Sekunden, um sich an die geänderten Lichtverhältnisse zu gewöhnen. Entgegen ihrer ersten Einschätzung war die Finsternis im Innern des Schuppens nicht vollkommen. Im Dach musste es ein paar undichte Stellen geben, denn es fielen zwei etwa fingerdicke Lichtstrahlen quer herein und reichten dabei bis fast auf den Boden herunter. Außerdem existierte offenbar irgendwo in ihrem Rücken ein Fenster, das aber vermutlich mit Unrat zugestellt oder einfach nur so derart blind vor Staub war, dass es so gut wie kein Licht mehr durchließ.

Janne Holzmann erkannte die Gestalt vor sich nur als einen undeutlichen, nahezu konturlosen Schemen. Ein schwarzer Fleck inmitten einer düsteren Umgebung.

»Sie wollten mich sprechen«, drang die Stimme vom Eingang zu ihr her. »Sie haben da am Telefon ein paar Andeutungen gemacht.«

»Ich habe Sie gesehen«, sprudelte es aus Janne heraus.

»Wann?«

»Vergangene Nacht. Sie haben die Feier kurz verlassen. Für etwa zehn Minuten. Dann sind Sie wiedergekommen.«

Ein leises Lachen in der Dunkelheit.

»Na und? Warum hätte ich das nicht tun dürfen?«

»Es geht darum, was letzte Nacht mit Femke Theis passiert ist. Und es geht darum, *wie* Sie zurückgekommen sind.«

Eine kurze Pause entstand. Es war totenstill in dem kleinen Gebäude. Janne glaubte lediglich, das Brummen der Insekten in den Hagebuttensträuchern nebenan zu hören.

»Was meinen Sie damit?« Der Schatten hatte sich noch immer nicht gerührt. Er lauerte im Verborgenen, starrte sie von dort aus an.

»Zuerst sind Sie gerannt«, antwortete Janne leise. »Sie wurden erst langsamer, als Sie beim Hotel ankamen. Sie haben sich immer wieder umgesehen, ob Sie auch ja niemand bemerkt. Dann haben Sie Ihre Kleidung kontrolliert und sind erst dann wieder zu den anderen ins Hotel zurück.«

»Und was genau schließen Sie daraus?«

Janne wartete ein paar Sekunden ab. Sie überlegte, wie weit sie gehen durfte. Ihre rechte Hand umklammerte den Griff des Messers, der halb aus ihrer Gesäßtasche ragte.

»Nur eine Person hätte gestern Nacht Grund gehabt, sich so zu verhalten. Sie wissen genau, was ich damit meine.«

»Ich denke schon«, antwortete die Stimme aus dem Dunkel. »Und was wollen Sie jetzt von mir? Was verlangen Sie?«

»Ich bin bereit, zu schweigen«, antwortete Janne. »Gegen eine gewisse Gegenleistung.«

»Sie wollen Geld. Wie viel?«

»Das sollten wir vielleicht bei anderer Gelegenheit besprechen«, antwortete Janne. »Ich muss jetzt gehen. Ich habe Herrn Hansen versprechen müssen, dass ich gleich wieder zurückkomme. Er weiß außerdem, wo ich bin.«

»Das glaube ich kaum«, antwortete die Stimme. »Im Gegenteil glaube ich eher, dass Sie ganz besonders ihm nicht gesagt haben, wo Sie hingehen. Sie haben ziemlich eigenmächtig gehandelt, vor allem aber naiv und leichtsinnig.«

Janne zog das Messer aus der Tasche. »Ich bin nicht unvorbereitet gekommen. Falls Sie es nicht sehen können: Ich bin bewaffnet. Und Sie werden jetzt den Weg freigeben und mich gehen lassen. Unser Gespräch ist beendet.«

»Wie recht Sie damit haben.«

Der Angriff kam vollkommen unerwartet. Eine Faust schoss aus dem Schatten auf sie zu, streifte Janne an der Schulter und ließ sie herumwirbeln. Sie prallte gegen eine aufrecht gestellte Schubkarre, die unter ihrem Gewicht nachgab und scheppernd auf die Seite fiel.

Janne geriet ins Straucheln und suchte in der Dunkelheit vergebens nach einem Halt.

Sofort war der Schatten über ihr und hinderte sie daran, ihr Gleichgewicht wiederzufinden. Sie erhielt einen Tritt gegen ihre Hüfte, der sie zu Boden gehen ließ.

Durch den harten Aufprall wurde ihr die Luft aus den Lungen gepresst. Janne stieß einen keuchenden Laut aus, der sich in der Umgebung des Gerätehauses dumpf und unheimlich anhörte.

Über ihr zeichnete sich ein menschlicher Umriss gegen die Schwärze ab. Jannes Finger umkrampften noch immer das Messer. Blindlings stieß sie zu, doch die Klinge traf auf keinen Widerstand.

Die dunkle Gestalt packte ihren Arm und drehte ihn herum.

Janne schrie auf. Das Messer fiel klirrend zu Boden.

Ein Keuchen über ihr. Ein Schwall warmen Atems streifte ihr schweißnasses Gesicht.

Sie wollte aufspringen, wollte schreien, doch nichts von alledem gelang ihr.

Wie aus dem Nichts traf sie ein stumpfer Gegenstand seitlich am Kopf. Janne Holzmann sollte nie mehr erfahren, was es gewesen war.

Kapitel 15

Wiebke Eden traf die beiden Frauen in der Küche des Pastorats bei einer Tasse Ostfriesentee an.

Katharina Mock hatte gleich eine weitere Tasse aus dem Küchenschrank geholt und der Kommissarin einen Platz angeboten.

Auch Leonie Decker war von der gemütlichen handgeschnitzten Sitzbank aufgesprungen, offenbar um zu helfen, doch sie blieb dabei seltsam verloren an der Stirnseite des Tisches stehen, so als hätte sie vergessen, was sie wollte. Sie warf der Polizistin einen entschuldigenden Blick zu und ließ sich vorsichtig wieder auf die Bank sinken.

Wiebke Eden deutete auf den gegenüberliegenden freien Platz, der ebenfalls mit einem Teegedeck ausgestattet war.

»Das ist für Pastor Fuchs«, erklärte Katharina Mock. »Wenn er vom Gottesdienst nach Hause kommt, nimmt er gerne eine Tasse Tee. Mehr bringt er nicht runter, weil er zumeist dann noch zu aufgewühlt ist, wie er sagt. Sonntags essen wir daher erst abends warm.« Die Frau vom Kirchenbüro, die im Pastoratsgebäude zwei Zimmer bewohnte, schob einen Teller mit Plätzchen in die Tischmitte.

Die Kommissarin winkte dankend ab, nahm den Tee jedoch gerne an und probierte vorsichtig einen Schluck. Das Getränk war heiß und stark. Dazu breitete sich eine leichte, angenehme Süße auf den Geschmacksnerven aus.

»Ich will nicht neugierig erscheinen«, setzte Katharina Mock an, »aber gibt es einen bestimmten Grund für Ihren Besuch? Hat sich vielleicht in … in der Sache von gestern Nacht etwas Neues ergeben?«

»Leider nein«, antwortete Wiebke Eden. »Zumindest nichts, was zu diesem Zeitpunkt schon spruchreif wäre. Ich bin eigentlich nur gekommen, um zu fragen, ob Ihnen beiden noch etwas eingefallen ist.«

»Eingefallen?«, wiederholte die Angestellte. »Nein. Nicht wirklich. Es tut mir leid.«

Wiebke wehrte ab. »Das muss es nicht. Sie haben sich den ganzen Abend im Saal aufgehalten, Frau Mock?«

Die Angesprochene setzte ihre Teetasse ab. »Nein, nicht die ganze Zeit. Ich war vor dem Essen draußen beim Glücksrad und später … ja, später war ich nochmal mit Herrn Fuchs draußen. Wir haben uns ein wenig die Füße vertreten.«

»Können Sie sich erinnern, wann das genau gewesen ist?«

»Es kann so gegen elf gewesen sein. Das Essen war auf jeden Fall schon beendet und Herr Frey hatte gerade ein paar Zaubertricks und Kunststückchen vorgeführt.« Katharina Mock rieb ihren rechten Zeigefinger über das kleine Grübchen an ihrem Kinn.

»Herr Fuchs und Sie sind nach dem kleinen Spaziergang wieder zusammen reingegangen?«, fragte Wiebke.

»Ja. Wir hatten beide großen Durst. Ich schob es auf das ziemlich stark gewürzte Lammfleisch im Speckmantel. Wir haben uns beide ein Bier bestellt und sind damit zurück in den Saal gegangen.«

Die Kommissarin nickte. Ihr Blick fiel auf Leonie Decker, die eine hellblaue Jeans und ein einfaches dunkles Shirt ohne jegliche Aufschrift trug. Die junge Frau nestelte an einem Plätzchen herum, ohne davon abzubeißen.

»Wie steht es mit Ihnen, Frau Decker?«, fragte Wiebke. »Was hat Sie bewogen, noch weiter auf Spiekeroog zu bleiben?«

Der Keks zerbrach. Brösel rieselten durch Leonies Finger.

»Ich weiß es nicht genau. Ich … vielleicht hatte ich einfach das Gefühl, es Steffen und Femke schuldig zu sein.« Sie gab ein leises Kichern von sich, das sich anhörte, als hätte sie sich verschluckt.

»Ich weiß, das klingt etwas seltsam, aber ich konnte nicht so einfach abreisen. Nicht ohne noch einmal mit Steffen gesprochen zu haben. Vielleicht braucht er mich.« Ihr Blick begegnete der Kommissarin. »Nicht, dass Sie mich falsch verstehen: Ich will nichts von ihm. Aber ich denke, ich kenne ihn von allen hier am besten. Und ich weiß, dass er mit Kummer nicht umgehen kann. Er frisst alles in sich hinein, bis …«

»Bis was?«, hakte Wiebke nach.

»Bis es vielleicht zu spät ist«, gab Leonie leise zurück.

Irgendwo im Hausflur war ein polterndes Geräusch zu hören. Kurz darauf näherten sich Schritte und die Gestalt von Pastor Fuchs erschien in der Tür.

Als er die Besucherinnen erkannte, hellte sich sein Gesicht ein wenig auf.

»Oh, Sie sind schon beim Tee. Wie wunderbar.«

Fuchs kam auf die Kommissarin zu und reichte ihr die Hand. »Was für ein seltener Besuch in diesem Haus«, sagte er, noch immer lächelnd.

»Und leider ist er eher dienstlich als privat«, räumte Wiebke Eden ein.

Das Gesicht des Geistlichen wurde ernst. »Ich verstehe. Sie sind wegen dieser grässlichen Angelegenheit von letzter Nacht hier.« Fuchs ließ sich mit einem leisen Seufzen auf seinem Platz nieder und ließ es geschehen, dass Katharina Mock ihm sogleich eine Tasse Tee kredenzte.

»Eine wirklich furchtbare Geschichte«, fuhr Fuchs fort. »Ich bin davon noch immer ganz in Beschlag genommen. Ich sage es Ihnen ehrlich: Ich hatte heute Mühe, meine Predigt zu halten, ohne fortwährend an diese Ereignisse zu denken.«

»Ich schätze, das geht uns allen so«, bemerkte die Kommissarin und klärte den Pastor nebenbei über den Grund ihres Hierseins auf.

Fuchs nickte nachdenklich. »Wie ich den Abend gestern wahrgenommen habe, wollen Sie wissen?« Der Pastor lehnte sich auf der Sitzbank zurück. Das Holz knarrte leise unter seinem Gewicht.

»Nun, es war zunächst ein sehr angenehmer Abend. Das Essen war ausgezeichnet. Dieser Alleinunterhalter … Frey … hat uns mit seinen Späßen unterhalten. Er war erstaunlich gut.«

»Er hat auch Zaubertricks vorgeführt, habe ich gehört«, warf Wiebke Eden ein. »Können Sie sich erinnern, welche das waren?«

Fuchs machte ein überraschtes Gesicht. »Die Zaubertricks? Ja, sicher. Das waren mehr so Taschenspielereien. Eine braune Papiertüte und zwei hartgekochte Eier, die plötzlich daraus verschwunden waren, als er sie zwischen seinen Händen platzen ließ. Ich weiß noch immer nicht, wie um alles in der Welt er es angestellt hat. Dann war da noch eine Sache mit einigen langen Papierhülsen, unter denen sich Flaschen befanden. Und jedes Mal, wenn er eine dieser Hülsen anhob, befand sich eine andere darunter oder hatte mit einem Mal ein anderes Etikett. Es war absolut verblüffend.«

»Mir hat am besten der Trick mit den Blumen gefallen«, meldete sich Katharina Mock in einer Pause des Pastors zu Wort. »Ein frischer Strauß weißer Nelken, den er unter seiner Jacke hervorholte. Er hat ihn dann der Braut überreicht.«

»Wo kommt Herr Frey eigentlich her?«, wollte die Polizistin wissen. »Ich habe vergessen, ihn danach zu fragen.«

Pastor Fuchs zuckte mit den Schultern. Sein Blick wanderte zu seiner Tischnachbarin Frau Mock. »Wissen Sie es?«

»Aus Bremen, glaube ich«, antwortete die Angestellte. »Ich glaube, er ist persönlich mit dem Bräutigam bekannt. Beziehungsweise dem Witwer. Ich … oh, Verzeihung, ich weiß gar nicht, wie ich mich ausdrücken soll.«

»Schon gut, Katharina«, sagte Fuchs und griff kurz nach ihrer Hand. »Es geht uns allen so. Es fällt schwer, nach diesen Ereignissen wieder in die Normalität zurückzufinden.«

»Wir sind noch immer auf der Suche nach einem hinreichenden Motiv«, gab Wiebke Eden unumwunden zu. »Dieser Fall gibt kaum Anhaltspunkte, und ich fürchte, die Ergebnisse der Spurensicherung werden ebenfalls sehr ernüchternd ausfallen.«

»Der Pavillon ist noch gesperrt, wie ich gehört habe«, bemerkte Fuchs. Er nahm eines der Plätzchen, begutachtete es von beiden Seiten und biss vorsichtig ab.

»Die Reinigungsfirma müsste inzwischen fertig sein«, antwortete Wiebke Eden. »Ich denke, dass wir ihn im Laufe des Tages wieder freigeben können. Alle Beteiligten haben sich ins Zeug gelegt, damit es nicht zu lange dauert.«

»Wissen Sie eigentlich, dass es mit diesem Pavillon eine besondere Bewandtnis hat?«, fragte Leonie Decker.

Alles sah sie erstaunt an.

»Ja, ich glaube, ich habe davon gelesen«, antwortete Pastor Fuchs langsam, doch Katharina Mock fiel ihm gleich ins Wort.

»Ich denke, Frau Decker spielt auf die Legende an, die sich um den Pavillon rankt. Sie sind ja noch nicht allzu lange bei uns, dass Sie es wissen könnten.«

»Es heißt, dass der Pavillon bisweilen von einer Zauberin besucht wird«, erklärte Leonie Decker ehrfürchtig. »Besonders in warmen Regennächten zieht es sie an diesen Ort. Es heißt, sie trägt ein weißes Gewand und hat langes und sehr feines blondes Haar, in dem Sandkristalle glitzern. Ihre Augen leuchten grün wie Smaragde. Sie ist eine Freundin der Menschen und lässt sich gern im Pavillon in ihrer Mitte nieder. Sie schweigt zumeist, erhebt sich dann, schreitet hinaus und verschwindet hinter einer Wand aus Regennebel.«

»Das klingt sehr romantisch«, bemerkte die Kommissarin.

Katharina Mock nickte. »Ja, aber es schafft auch unliebsame Assoziationen zur letzten Nacht.« Die Angestellte machte ein unbehagliches Gesicht und schüttelte sich leicht, als sei ihr ein Schauer über den Rücken gelaufen.

»Ich habe in einem Buch von Sagen und Legenden darüber gelesen«, erklärte Leonie Decker. »Diese Geschichte hat mich besonders fasziniert. Man muss die Parallelen einfach erkennen. Und auch wenn es mir um Femke unendlich leidtut, so finde ich meinen Trost darin, dass sie vielleicht der Zauberin begegnet ist, die sie an die Hand genommen hat. Auf den Weg in eine bessere, in eine friedlichere Welt.«

Wiebke Eden dachte noch lange, nachdem sie das Pastorat und die seltsame Teerunde verlassen hatte, über diese Worte nach. Ja, es stand außer Frage, dass Femke Theis letzte Nacht jemandem in diesem Pavillon begegnet war.

Doch hatte es sich nicht um eine Zauberin gehandelt, sondern um ein Wesen aus Fleisch und Blut. Diese Person hatte scheinbar grundlos getötet. Die Kommissarin ertappte sich bei dem Gedanken, wozu der Täter unter gewissen Umständen noch alles fähig wäre.

Kapitel 16

Als Mattern das Hotel erreichte, blickte ihn die junge Angestellte hinter dem Tresen unruhig an. In ihrer linken Hand der Telefonhörer, den sie langsam sinken ließ.

»Ich möchte zu Herrn Hansen«, erklärte Mattern kurz und knapp. »Wissen Sie zufällig, ob er auf seinem Zimmer ist?«

»Er hat gerade in diesem Augenblick angerufen«, antwortete die Angestellte. »Er sagt, seine Pflegekraft ist nicht da und er kann sie nicht erreichen. Er kommt allein nicht mehr zurück in seinen Rollstuhl.«

»Was sagen Sie da?« Mattern blickte die junge Frau ernst an. Als sie antworten wollte, wiegelte der Kommissar herrisch ab. »Schon gut, Sie müssen nichts sagen. Geben Sie mir einfach die Schlüsselkarte von heute Nacht. Ich werde mich um die Sache kümmern.«

Die Hotelangestellte machte ein unglückliches Gesicht. »Sind Sie sicher? Soll ich nicht lieber jemandem vom Personal Bescheid geben?«

Mattern streckte fordernd seine rechte Hand über den Tresen. »Jetzt machen Sie schon hin, verdammich!«

Erschrocken langte die Frau in ein Fach neben sich und ließ die Karte in Matterns Pranke fallen.

»Na also, geht doch«, brummte der Kommissar und hatte sich bereits in Bewegung gesetzt. Das Zimmer lag praktischerweise im Erdgeschoss des Gebäudes, nicht weit vom Restaurant entfernt, in dem um diese Zeit bereits Hochkonjunktur herrschte. Aus dem Augenwinkel heraus registrierte Mattern, wie zwei Kellner mit beladenen Tabletts hin und her huschten.

Er klopfte kurz an und zog, ohne eine Antwort abzuwarten, die Karte durch den Schlitz des Türöffners. Ein grünes Lämpchen blinkte auf. Die Tür summte leise und ließ sich nach innen aufdrücken.

Im Zimmer war es eiskalt. Die Klimaanlage lief auf Hochtouren. Zudem war es dunkel. Die Vorhänge waren zugezogen.

»Wer ist da?« Die Stimme Gunther Hansens kam aus dem breiten Doppelbett.

»Mattern«, antwortete der Kommissar, während er sich schrittweise vorantastete, um nicht mit dem Schienbein gegen den ausladenden Bettkasten zu stoßen.

»Der Kommissar?«, krächzte es aus den Daunen zurück. »Warum hat man gleich die Polizei benachrichtigt? Ich will verdammt nochmal einfach nur aufstehen!«

Mattern orientierte sich an der Stimme, trat an dem Bett vorbei und entschlossen auf die Vorhänge zu. Er bekam einen Zipfel zu fassen und riss einen davon zur Seite. Augenblicklich strömte grelles Sonnenlicht ins Zimmer.

»Sind Sie verrückt? Was tun Sie denn?«

Mattern drehte sich zu dem alten Mann im Bett um. »Ich sehe grundsätzlich gern was von den Leuten, mit denen ich mich unterhalte. Ich war gerade auf dem Weg zu Ihnen. Die Frau von der Rezeption hat mir erzählt, was los ist. Sie sind auf der Suche nach Ihrer Pflegerin, Frau Holzmann.«

Gunther Hansen fuchtelte mit seinen Händen herum. »Was auch immer Sie mir erzählen wollen, wird warten müssen. Ich muss ohne weitere Umwege zur Toilette.«

Mattern machte ein fragendes Gesicht. »Was soll ich tun? Wollen Sie, dass ich Sie ins Badezimmer trage?«

Hansen wälzte sich zur Bettkante. »So weit kommt das noch. Bringen Sie mir einfach meinen gottverdammten Stuhl. Das Mistding ist mir weggerollt, als ich danach greifen wollte.«

Mattern machte einen kurzen Schritt in den Raum hinein, wo es den Rollstuhl hin verschlagen hatte.

Mit ein paar Handgriffen war die missliche Situation behoben.

»Ich kann allein einsteigen«, wehrte Hansen ab, als der Kommissar erneut seine Hilfe anbot.

Der alte Mann ließ sich in den Stuhl gleiten und machte sich mit flinken Bewegungen auf den Weg ins Bad.

»Bin gleich zurück«, murrte Hansen, schlug im Innern mit seinem Ellenbogen gegen den Lichtschalter und knallte die Tür hinter sich zu.

»Ich kann's kaum erwarten«, murmelte Mattern und sah sich oberflächlich im Zimmer um. Auf einem Stuhl lag ordentlich zusammengelegt der Anzug, den der Alte am letzten Abend und am Morgen darauf getragen hatte. Das Bett war nur auf einer Seite benutzt. Auf der anderen Seite lag ein geöffneter Koffer.

Mattern kannte das Zimmer. Er war heute schon einmal hier gewesen, um es zu durchsuchen. Das Gleiche galt für das Nachbarzimmer, zu dem es eine Verbindungstür gab.

Sie war unverschlossen. Der Raum dahinter war leer. Das Bett war gemacht. Auf der Decke lagen ein paar Kleidungsstücke, die Mattern bekannt vorkamen. Offenbar hatte sich Janne Holzmann im Laufe des Tages noch einmal umgezogen.

Aus dem Bad nebenan hörte er die Toilettenspülung rauschen. Mattern kehrte in das Zimmer des Alten zurück und nahm neben dem Bett Aufstellung.

Die Tür wurde aufgerissen und Hansen rollte in seinem Stuhl auf den Kommissar zu.

»Eine grässliche Last ist das«, brummte er. »Ich werde mich nie daran gewöhnen können. Ich bin nicht gelähmt, wissen Sie? Ich leide an einer Muskelkrankheit. Preisen Sie den Herrn oder wen auch immer, dass Sie Ihre Stelzen noch benutzen können.«

»Wo ist Frau Holzmann?«, fragte Mattern.

Hansen lehnte seinen Oberkörper nach rechts und blickte am Kommissar vorbei in das leere Nachbarzimmer.

»Wenn sie nicht da drinnen ist, weiß ich nicht, wo sie steckt. Ich habe nur eine Stunde schlafen wollen. Daraus geworden sind zwei. Und freigegeben hab ich der Dame höchstens eine halbe Stunde. Na ja, das hab ich so nicht gesagt, aber sie weiß, dass sie tagsüber in meiner Nähe zu bleiben hat. Ich bezahle sie schließlich dafür. Und das nicht zu knapp.«

»Frau Holzmann ist also privat bei Ihnen angestellt?«, hakte Mattern nach.

»Das war's so ziemlich, was ich gesagt habe«, antwortete Hansen. »Und jetzt mal raus mit der Sprache: Warum wollten Sie zu mir? Haben Sie am Ende vielleicht herausgefunden, wer meine Tochter umgebracht hat?«

»Nein«, sagte Mattern. »Noch nicht.«

Der alte Mann im Rollstuhl gab einen kurzen verächtlichen Laut von sich, der wie trockener Husten klang.

»Werden Sie es jemals?«

»Ich hoffe es.«

Hansen winkte ab. »Genug des Geplänkels. Was führt Sie her? Und beeilen Sie sich bitte, weil ich für ein Uhr einen Tisch im zweifellos vollkommen überteuerten Restaurant bestellt habe. Ihnen bleiben also noch genau … achteinhalb Minuten.«

»Ich würde gerne wissen, was mit Ihrer Schwester passiert ist.«

Die Worte des Kommissars zeigten eine seltsame Wirkung. Gunther Hansen warf seinen Oberkörper zurück, als sei er von einem Schlag getroffen worden. Der Rollstuhl erzitterte leicht.

»Sie sprechen von Margitta? Das ist jetzt über zehn Jahre her. Was wollen Sie darüber wissen?«

»Alles«, antwortete Mattern. Mit einem Blick auf seine Uhr schob er hinterher: »Meinetwegen auch die Kurzfassung. Ich weiß bisher nur, dass sie offenbar einem Verbrechen zum Opfer gefallen ist.«

»Das hat Ihnen dieser Bengel erzählt, richtig? Dieser Taugenichts, der meine Tochter heiraten wollte.«

»Er hat sie geheiratet«, wandte Mattern ein und gab Hansen ein Zeichen, fortzufahren.

»Also schön«, brummte der Alte. »Die Kurzfassung. Und Sie helfen mir dafür in meinen entsetzlichen Anzug. Hätte ich das alles gewusst, hätte ich meinen anderen mitgenommen.«

»Klingt so, als hätten wir einen Deal«, antwortete Mattern.

»Grässlich, diese Anglizismen«, bemerkte Hansen. »Nun, also, hören Sie zu: Vor etwa zehn Jahren verbrachte meine wesentlich jüngere Schwester Margitta zusammen mit meiner Tochter Femke einen Urlaub in Spanien. Irgendein Kaff an der Küste, fragen Sie mich nicht nach Einzelheiten. Margitta hatte Femke die Reise zum bestandenen Abitur geschenkt. Viel zu teuer, aber mich hat ja nie einer gefragt. Ach ja, Margittas Mann Hanno war auch mit von der Partie. Merken Sie sich den Namen, Sie werden gleich wissen, warum. Wasser!«

Mattern blickte kurz irritiert drein. Dann griff er nach dem gefüllten Glas auf dem Nachtschrank und reichte es dem Alten. Es fühlte sich eiskalt an.

Hansen ergriff es gierig und trank in hastigen kleinen Schlucken. »Besser. Danke.«

Der Kommissar nickte und stellte das Glas zurück an seinen Platz.

»Die Ehe von Margitta und ihrem Mann stand nicht zum Besten. Warum der Kerl überhaupt mitgefahren ist, habe ich nie begriffen. Aber meine Schwester war schon immer etwas sonderbar in ihren Entscheidungen. So hat dieser Hanno die meiste Zeit auf dem Hotelzimmer gehockt, während die beiden Frauen allerlei unternommen haben. Meine Schwester scheint jedoch besonders fleißig gewesen zu sein, was die Strand- und Poolaktivitäten anging.« Hansen legte eine kurze Pause ein.

»Inwiefern?«, fragte Mattern. »Hat sie sich einen Mann angelacht?«

»Ich sehe, wir verstehen uns«, antwortete der Alte. »Es war irgendeine Liebschaft. Keine Ahnung, ob es ein Einheimischer war oder ein Tourist. Es spielte auch keine Rolle. Jedenfalls hat Hanno irgendwann davon Wind bekommen und es kam zu einem Eklat. Laut Femke, die das Nebenzimmer bewohnte, kam es in den letzten zwei Tagen zwischen Margitta und ihrem Mann immer wieder zum Streit. Zuletzt haben sie sich nur noch angeschrien. Und am frühen Morgen des Abreisetages lag meine Schwester plötzlich tot im Hotelpool. Erwürgt.«

»Hm«, machte Mattern, als der Alte nicht mehr weitersprach und ihn stattdessen erwartungsvoll anblickte. »Sehr unschöne Geschichte. Wie ist sie weitergegangen?«

»Hanno wurde noch am selben Vormittag von der spanischen Polizei in Gewahrsam genommen. Er soll in der Untersuchungshaft allerdings schnell vollkommen die Nerven verloren haben. Er hat in seiner Zelle Selbstmord begangen, indem er aus vollem Lauf mit dem Kopf gegen die Wand gerannt ist. Der zuständige Arzt hat später immer nur davon gesprochen, dass Hanno verrückt geworden sei: loco! Das hat er immer gesagt. Na ja, wenn Sie mich fragen, war Hanno schon früher jede Menge loco. Ich habe meine Schwester gewarnt, sich mit diesem Knaben einzulassen. Aber sie hat nicht hören wollen. Und dann hatte sie plötzlich irgendwann den Salat. Es hat mir besonders für Femke leidgetan, die nun gar nichts dafür konnte. Sie hat, wenn Sie mich fragen, damals einen schweren Schaden genommen. Ist etwas, das ich meiner Schwester direkt heute noch übelnehmen würde, wenn sie nicht die Hauptleidtragende in dieser verrückten Geschichte gewesen wäre.«

»Wie ging es mit Femke weiter?«, fragte Mattern.

Hansen rieb sich mit der flachen Hand über das Kinn. »Sie rief mich aus Spanien an. Erklärte mir, was passiert ist. Zusammen haben wir einen neuen Rückflug für sie organisiert. Ich habe dann später die Überführung der Leiche nach Deutschland veranlasst. Und Femke … nun ja, sie hat all das sehr mitgenommen. Sie hat kaum gesprochen, als sie wieder zurück in Deutschland war. Ich hatte schon Befürchtungen, dass ich sie in eine psychiatrische Behandlung geben muss, aber dann hat sie irgendwie doch die Kurve gekriegt. Nur über die Ereignisse von damals hat sie nie wieder gesprochen. Und jetzt werden Sie die Güte haben, mir in meine verflixten Sachen zu helfen. Die Hose zuerst!«

Kapitel 17

Die Terrasse des Strandrestaurants war bis auf den letzten Platz besetzt. Ringsherum herrschten Stimmengewirr, verhaltenes, aber auch unverhohlenes Lachen und umtriebige Geschäftigkeit.

Mehrere Servicekräfte hatten alle Hände voll zu tun, die Speisen und vor allem die Getränke an die Tische zu bringen. An diesem Tag fanden vor allem Eisbecher zum Dessert reißenden Absatz.

»Ich kann es immer noch nicht glauben«, sagte Jan Brohm kopfschüttelnd. »Das Ganze kommt mir vor, als wären wir alle miteinander in einen schlechten Film geraten.«

Annette Küster, die gegenüber von ihm Platz genommen hatte, schob ihren Eisbecher beiseite, den sie kaum angerührt hatte. Die pralle Mittagssonne würde in kürzester Zeit kurzen Prozess mit der cremigen Masse machen.

»Mir geht es genauso«, gab die Trauzeugin zurück. »Es fühlt sich so unwirklich an. So als sei Femke in Wirklichkeit immer noch da und alles wäre nur ein … ein schlechter Scherz.«

»Man hat ein schlimmes Gewissen, ist es nicht so?« Brohm ließ seinen Blick über die vollbesetzte Terrasse wandern. »Ich meine, wir haben gestern eine gute Freundin verloren und heute sitzen wir hier bei strahlendem Sonnenschein und löffeln Eis. Es fühlt sich einfach nicht richtig an.« Brohm beugte sich vor und stellte das Blumengesteck in der Tischmitte ein Stück beiseite. »Die Polizei scheint zu glauben, dass es einer von uns gewesen ist«, raunte er. »Von uns Hochzeitsgästen, meine ich.«

Annette Küster atmete tief ein und blickte für einen Moment zur Seite, in Richtung der Dünenlandschaft. »Das ist ein wirklich schlimmer Gedanke. Zu wissen, dass man gestern Abend möglicherweise mit einem Mörder am Tisch gesessen hat.«

»So groß ist der Kreis ja eigentlich gar nicht«, stellte Brohm fest. »Was glaubst du – wer von uns hat es getan?«

Annette hob abwehrend die Hände. »Bitte nicht, Jan. Ich finde das unerträglich. Und auch ein wenig geschmacklos.«

Brohm verharrte in seiner leicht vornübergeneigten Position. »Entschuldige. Ich wollte dich nicht ärgern. Es ist nur alles so vollkommen unfassbar. Immerhin … ein Gutes hat es.«

»Was?« Sie hatte ihren Kopf zurück in seine Richtung gewandt.

»Dass wir beide uns darüber ein bisschen näher gekommen sind«, antwortete Brohm. Er streckte seinen rechten Arm aus und griff nach ihrer Hand. Seine Finger strichen sanft über ihre Haut.

Sie räusperte sich leise und blickte sich rasch zu den Seiten um.

»Was ist?«, fragte er. »Ist es dir peinlich? Oder unangenehm?«

»Nein, aber …«

»Aber?«

»Wir sollten das nicht tun«, antwortete Annette und zog ihre Hand weg. »Ich meine … nicht so früh. Es ist gerade gestern erst passiert und …«

»Aber dafür können wir beide nichts«, wandte Brohm ein.

»Vielleicht nicht. Aber ich muss erst mal wieder einen klaren Kopf bekommen. Hast du was dagegen, wenn wir zahlen? Die Sonne ist mir hier zu aggressiv.«

»Natürlich nicht. Darf ich dich einladen?« Brohm lächelte sie über den Tisch hinweg an.

Sie winkten nach einem Kellner, der ihnen nach wenigen Minuten die Rechnung an den Tisch brachte.

Brohm beugte sich zu seinem Sportsakko hinunter und klopfte die Taschen ab. »Ach du Schande, das darf doch nicht wahr sein.«

»Was ist?«, fragte sie, während der Kellner diskret am Tisch wartete.

Brohm sah sie aus großen Augen an. »Ich habe meine Brieftasche im Hotelzimmer liegen lassen.«

Sie verzog das Gesicht. »Kein Problem. Ich übernehme das.«

Annette Küster griff nach ihrer kleinen Handtasche, die sie über die Stuhllehne gehängt hatte. Sie nahm sie auf den Schoß und öffnete sie.

Ein spitzer, heiserer Schrei drang aus ihrer Kehle.

Brohm sah sie alarmiert an. »Was ist los? Was hast du?«

Sämtliche Farbe war Annette Küster aus dem Gesicht gewichen. Sie griff in ihre Handtasche und zog mit spitzen Fingern einen Gegenstand hervor, den sie auf den Tisch legte.

Brohm sagte nichts. Er sah sie nur kurz an.

Beide starrten auf das Sparbuch, das Gunther Hansen seiner inzwischen ermordeten Tochter geschenkt hatte.

***

Etwa eine halbe Stunde später drehte Hauptkommissar Hinrich Mattern das Dokument, sorgsam in einen Plastikbeutel eingetütet, in seinen Händen, bevor er es an seine Kollegin Wiebke Eden weiterreichte.

Die Kommissarin nahm es entgegen, warf einen flüchtigen Blick darauf und sah schließlich abwechselnd Jan Brohm und Annette Küster an, die auf den beiden Besucherstühlen in der kleinen Dienststelle Platz genommen hatten.

»Und Sie haben wirklich keine Ahnung, wie das Sparbuch in Ihre Tasche gekommen ist?«

»Nein«, antwortete die Trauzeugin sofort. »Wie schon gesagt: Ich habe meine Handtasche seit letzter Nacht nicht mehr geöffnet. Ich hatte sie heute Mittag auch nur dabei, weil ich mich mit Jan … Herrn Brohm verabredet hatte und wir etwas essen gehen wollten.«

»Können Sie sich daran erinnern, wann Sie zuletzt reingesehen haben?«, fragte die Kommissarin.

»Das war, nachdem Femke gefunden worden war. Ich habe … eine Packung Papiertaschentücher rausgenommen. Und ich kann beschwören, dass das Sparbuch zu dem Zeitpunkt nicht drin war.«

»In Ordnung«, gab Wiebke zurück. »Ich denke, das genügt fürs Erste.«

»Wir hielten es für besser, Sie sofort aufzusuchen«, sagte Brohm. »Auch wenn es vielleicht bedeutet, dass Annette … nun ja … in Verdacht geraten könnte.«

Er warf einen hastigen, um Entschuldigung bittenden Blick zu seiner Begleiterin.

»Sie haben alles richtig gemacht«, erklärte Wiebke Eden. »Und was die Verdachtsmomente angeht: Wir wissen nicht, ob dieses Sparbuch in diesem Fall überhaupt eine relevante Rolle spielt. Natürlich werden wir es auf Fingerabdrücke und mögliche andere Spuren untersuchen lassen, aber ehrlich gesagt machen wir uns in dieser Hinsicht keine allzu großen Hoffnungen.«

Annette Küster rutschte unruhig auf dem Stuhl hin und her. »Halten Sie es für möglich, dass mir jemand dieses Ding untergeschoben hat, um den Verdacht von sich abzulenken?«

»Das ist eine Möglichkeit, die wir in Betracht ziehen müssen«, antwortete Mattern. Der Hauptkommissar hatte seine Stirn in tiefe Falten gelegt. Seine kräftigen Hände hatte er auf der Schreibtischplatte wie zu einem Gebet gefaltet.

»Und wie geht es jetzt weiter?«, fragte Annette.

»Wir hätten Sie gerne noch in einer anderen Angelegenheit gesprochen, Frau Küster«, eröffnete Wiebke Eden.

Die Angesprochene wirkte erschrocken. Wieder tauschte sie einen kurzen, intimen Blick mit ihrem Sitznachbarn.

»Herr Brohm kann ruhig hierbleiben«, fügte Mattern hinzu, bevor sein Blick wieder zu der Frau vor ihm wanderte.

»Es geht um die Sache, die Femke Theis vor zehn Jahren in Spanien widerfahren ist. Hat sie jemals mit Ihnen darüber gesprochen?«

»Der Tod ihrer Tante«, antwortete Annette leise. Sie atmete tief durch. »Ja, sie hat mir davon erzählt. Ich würde gerne behaupten, sie hätte sich mir voll und ganz anvertraut, aber das stimmt leider nicht. Femke hatte immer gewisse Hemmungen, über dieses Thema zu sprechen. Ich glaube, sie hat damals ein schweres Trauma davongetragen.«

»Was genau hat sie Ihnen erzählt?«, hakte die Kommissarin nach.

»Nicht besonders viel. Ihre Tante Margitta war nur etwa zehn Jahre älter als Femke. Die beiden waren fast wie Schwestern. Sie haben damals einen gemeinsamen Urlaub in Spanien verbracht. Femke, Margitta und ihr Mann Hanno. Das war irgendwie ein komischer Typ. Hat ständig nur auf dem Zimmer gehockt und alles ausgelassen, was Spaß macht. Femke hat es damals nicht gestört. Sie hatte gerade ihr Abi in der Tasche und war voller Lebensfreude. Die beiden Frauen haben sich am Strand und am Pool vergnügt, haben Ausflüge gemacht. Also eigentlich alles, was man für gewöhnlich im Urlaub tut, um zu entspannen.«

»Margitta soll in diesem Urlaub einen Mann kennengelernt haben«, warf Mattern ein. »Können Sie uns zu dem etwas sagen?«

Annette Küster schüttelte den Kopf. »Kaum. Aus dem einfachen Grund, weil Femke mir über ihn so gut wie nichts erzählt hat. Ihre Tante hat damals offenbar eine Affäre mit einem Fremden begonnen. Aber die hat sie weitestgehend vor ihrer Nichte verborgen. Tagsüber waren die beiden Frauen zusammen, und was Margitta nachts so trieb, hat Femke nicht mitbekommen. Wohl aber Margittas Mann, der irgendwann Verdacht schöpfte. Es gab dann laufend Streit deswegen, wie Sie sich vielleicht vorstellen können.«

»Das habe ich schon von Herrn Hansen vernommen«, erklärte Mattern. »Nochmal zurück zu diesem Fremden. Hat Femke denn gar keine Angaben über ihn machen können? Hat sie ihn nie zu Gesicht bekommen?«

»Doch, einmal«, antwortete Annette Küster. »Der Mann wohnte offenbar im selben Hotel.«

»Also war es vermutlich kein Einheimischer, sondern ebenfalls ein Tourist?«, warf Wiebke Eden ein.

»Tut mir leid, das weiß ich wirklich nicht. Femke hat ihre Tante einmal aus seinem Zimmer kommen sehen. Der Typ stand in der Tür, die schon wieder halb geschlossen war. Femke hat kaum mehr als seine Augen gesehen. Margitta war die Sache furchtbar peinlich. Sie hat Femke gleich von dort weggezerrt und ihr eingeschärft, Hanno nichts von dieser Sache zu erzählen.«

»Das war der einzige Kontakt, wenn man das überhaupt so nennen kann, den sie zu dem Unbekannten hatte?«, fragte Mattern.

»Ja. Margitta hat von da an streng darauf geachtet, dass Femke nichts von diesen Heimlichkeiten mitbekam. Eigentlich wollte sie ihrer Nichte ein Vorbild sein. Hat nicht so ganz geklappt, würde ich sagen.«

»Hat Femke den Mann nach dem Tod ihrer Tante je wiedergesehen?«, fragte Wiebke. »Ich meine entweder direkt nach Auffinden der Leiche im Pool oder auch später?«

»Nein, nie«, antwortete Annette. »Aber sie hat mir gesagt, dass sie seine Augen nie vergessen hat, wie er sie durch den Türspalt angestarrt hat. Der Blick ist ihr in Erinnerung geblieben. Er hat sie regelrecht in ihren Träumen verfolgt.«

»Haben Sie eine Ahnung, warum?«, hakte die Kommissarin nach.

Die Trauzeugin schüttelte nachdenklich den Kopf. »Ich kann es mir nur so erklären, dass sie vielleicht indirekt diesem Mann die Schuld für den Tod ihrer Tante gegeben hat. Denn ohne ihn wäre das alles sicher nicht passiert.«

»Mein Gott, das alles habe ich nicht gewusst«, sagte Jan Brohm leise. »Steffen hat mir nie davon erzählt.«

»Femke hat es nicht gewollt«, antwortete seine Begleiterin. »Sie hat Steffen verboten, jemandem etwas davon zu sagen. Sie wollte nicht, dass ihr diese Geschichte immer weiter nachhängt. Im Grunde wollte sie nichts anderes, als sie endlich zu vergessen.«

Nachdem Annette Küster und Jan Brohm gegangen waren, blieben die Inselkommissare allein in der Dienststelle zurück.

Mattern hatte einen Kaffee aufgesetzt, den er mit lustlosem Gesichtsausdruck ungefragt auf zwei große Tassen aufteilte. Eine davon schob er seiner Mitarbeiterin hin.

Marlowe, der am Boden auf seiner Decke lag, öffnete kurz ein Auge und vergewisserte sich, dass nach wie vor alles in Ordnung war. Er ließ seinen Kopf sinken und gab einen zufriedenen Laut von sich.

»Was halten Sie von den neuen Entwicklungen?«, fragte Wiebke, nachdem sie vorsichtig an dem heißen Gebräu genippt hatte.

»Ich glaube, unser Mörder hat es darauf angelegt, möglichst viele falsche Fährten zu legen«, antwortete Mattern. »Angefangen bei dem Mord in dem zugesperrten Pavillon. Das war die erste Hürde, die wir zu nehmen hatten. Er wollte, dass alles auf einen Selbstmord hindeutet. Na ja, diesen Zahn haben wir ihm gezogen.«

»Und das Sparbuch?«

Mattern nahm einen großen Schluck Kaffee und blickte danach gedankenverloren in die Tasse.

»Ich denke, dass er diese Karte nur gezogen hat, weil wir ihm hinsichtlich der Mordmethode auf die Schliche gekommen sind. Es war eine Art Plan B, eine Option, oder wie immer Sie das nennen wollen.«

»Mit dem Ziel, uns zu verwirren und den Verdacht auf jemand anderen zu lenken«, ergänzte Wiebke.

Ihr Vorgesetzter nickte knapp. »Es ist jemand, der sich in die Enge getrieben fühlt. Aber er hatte offenbar keine andere Wahl. Er musste diesen Mord begehen, sonst wäre er sicher nicht das große Risiko eingegangen, bei der Tat oder kurz danach beobachtet zu werden.«

»Dazu hat er noch einen enormen Aufwand betrieben«, ergänzte Wiebke. »Denken Sie nur an das Anbohren des Fensters. Und woher hat er so schnell das passende Werkzeug gehabt?«

»Nicht so schnell«, antwortete Mattern nachdenklich. »Ich glaube, dass der Mord ab einem gewissen Zeitpunkt für diese Person beschlossene Sache war. Vielleicht hatte derjenige Zeit, sich darauf vorzubereiten. Vielleicht wusste er, worauf es hinauslaufen würde, und hat die Sache mit dem Bohrloch zu einem früheren Zeitpunkt erledigt.«

»So könnte es gewesen sein«, überlegte Wiebke. »Und was denken Sie über die Geschichte mit Femkes Tante?«

»Seit ich davon weiß, geht sie mir nicht mehr aus meinem alten Dickschädel«, gab Mattern zurück. »Ich kann mir nicht helfen, aber ich glaube, dass darin das wahre Mordmotiv liegen könnte.«

»Ich habe auch schon daran gedacht«, antwortete Wiebke. »Es ist zumindest dieser dunkle Punkt in Femkes Vergangenheit, nach dem wir insgeheim die ganze Zeit gesucht haben. Die Frage ist nur: Was ist damals in Spanien eigentlich wirklich passiert?«

Mattern hob seine rechte Hand und deutete mit dem Zeigefinger auf seine Mitarbeiterin. »Guter Punkt! So wie uns die Sache geschildert wurde, scheint der Fall vollkommen klar zu liegen. Frau fängt im Urlaub Affäre mit fremdem Mann an. Ehemann kommt dahinter. Es kommt zu einem heftigen Streit und nachts zu einer Auseinandersetzung am Hotelpool, die tödlich endet. Ehemann gerät als Erstes in Verdacht, wird festgenommen und begeht in seiner Zelle Selbstmord. Diese Aktion wird als Geständnis gewertet. Fall abgeschlossen.«

»Was ist aber«, begann Wiebke nachdenklich, »wenn der Fall doch nicht ganz so einfach war? Wenn dieser unbekannte Fremde nicht nur eine indirekte Schuld an Margittas Tod hatte, sondern eine ganz konkrete?«

»Genau«, stimmte Mattern zu. »Und genau das ist der Punkt, der Femke über die letzten Jahre so sehr beschäftigt hat. Sie hat damals in die Augen eines Mörders geblickt und gestern, etwa zehn Jahre später, hat sie diese Augen wiedererkannt. Ist das zu weit hergeholt?«

Wiebkes Fingernägel klickten gegen das Porzellan ihrer Tasse. »Nicht unbedingt. In dem Fall müsste es sich bei dem Mann um einen Unbekannten handeln. Und wen haben wir unter den Hochzeitsgästen, auf den diese Beschreibung passt?«

»Den Zauberer Eric Frey«, antwortete Mattern. »Und ich schätze, wir dürfen auch unseren Pastor dabei nicht ganz außer Acht lassen.«

»Beides Männer, denen Femke vermutlich erst hier auf der Insel begegnet ist. Vielleicht ist es ihr beim ersten Kontakt noch nicht aufgefallen. Wir dürfen nicht vergessen, dass es ihr Hochzeitstag war und die Aufregung bei solchen Anlässen bei den Beteiligten für gewöhnlich sehr groß ist.«

»Es hat am Strand begonnen«, bemerkte Mattern. »Ihre Aufregung, meine ich. Fuchs und Frey waren beide dort. Nun ja, genau genommen waren sie alle da.«

»Ich weiß nicht, ob uns diese Überlegungen weiterführen«, sagte Wiebke nach einer Weile. »Aber mir ist da noch ein Gedanke gekommen.«

»Nur raus damit. Ich kann auch noch mehr Kaffee kochen.«

»Nein, bitte nicht.«

»Wie Sie wollen.« Mattern zuckte mit den Schultern.

»Die Szene, die sich Femke damals eingeprägt hat, fand im Hotelkorridor in Spanien statt. Sie hat den Mann nur kurz durch den Türspalt gesehen. Genau genommen nur seine Augen.«

»Weiter«, drängte ihr Vorgesetzter.

Wiebke setzte sich aufrecht und blickte in Gedanken zur gegenüberliegenden Wand. »Sie war auch auf Spiekeroog in einem Hotel untergekommen. Was, wenn sie eine Szene erlebt hat, die der von damals ausgesprochen stark ähnelte?«

»Sie meinen, sie hat im Hotel wieder durch eine halb geschlossene Tür in ein Augenpaar geblickt und sich in diesem exakten Moment an damals erinnert?«

»Wäre das so weit hergeholt?«, fragte Wiebke. »Immerhin wird es doch immer wahrscheinlicher, dass es diesen auslösenden Impuls gegeben haben könnte.«

»Möglich«, räumte Mattern ein. »Die Sache hat nur einen Haken.«

»Welchen?«

»Wenn es exakt dieser kurze Eindruck war – die Augen, eingerahmt von einer Zimmertür –, dann kommen aus meiner Sicht auch die anderen männlichen Hochzeitsgäste in Betracht. Niklas Schrader, den sie später kennenlernte, oder beispielsweise auch Jan Brohm. Im Grunde mehr oder weniger vertraute Gesichter, die sie aber vielleicht noch nie zuvor in dieser speziellen Situation gesehen hat.«

Wiebke Eden stieß einen leisen Fluch aus. »Da könnte aus psychologischer Sicht sogar etwas dran sein.«

»Ich wage kaum, weiter in diese Richtung zu denken«, fuhr Mattern fort. »Es war zwar bei dieser Sache in Spanien immer die Rede von einem Mann … was aber wäre, wenn Femke Theis hier auf Spiekeroog realisiert hätte, dass sie sich die ganze Zeit über getäuscht hat und ihre Tante vor zehn Jahren etwas mit einer Frau angefangen hat? Im Urlaub passieren ja manchmal die tollsten Sachen.«

»Sie meinen, ihre Erinnerungen könnten ihr in diesem Punkt einen Streich gespielt haben?«, fragte die Ostfriesin. »Vielleicht weil sie die Person damals nicht eindeutig erkannt hat und nur davon ausging, es habe sich um einen Mann gehandelt?«

Mattern vollführte eine vieldeutige Geste mit seinen Händen. »Ich fürchte, wir können diesen Gedanken nicht vollständig ausschließen.«

»Verdammt«, brach es aus Wiebke heraus. »Damit wären wir dann wieder genauso schlau wie vorher.«

»Spanien«, sagte Mattern entschieden. »Wir sollten versuchen, herauszufinden, ob eine oder mehrere Personen unserer Hochzeitsgesellschaft irgendeinen Bezug dazu haben und schon einmal dort gewesen sind. Nach Möglichkeit im fraglichen Zeitraum.«

»Ich werde mir nochmal Niklas Schrader vornehmen«, entschied Wiebke. »Ich werde ihn danach fragen. Vielleicht kann er auch noch etwas zu dieser Spanien-Sache beitragen. Immerhin war er einige Zeit danach mit Femke liiert.«

»Tun Sie das«, antwortete Mattern. »Ich werde inzwischen prüfen, was sich über den Polizeiapparat über den Fall von damals herausfinden lässt.«

»Einverstanden«, antwortete Wiebke Eden und erhob sich energisch von ihrem Stuhl. Sie grüßte und wandte sich in Richtung des Ausgangs.

»Wiebke?«

Die Stimme des Dienststellenleiters ließ sie an der Tür herumfahren. »Was ist?«

»Ich will, dass Sie vorsichtig sind. Wir haben es hier mit einem skrupellosen Mörder zu tun.«

»Ich weiß«, gab sie zurück. »Rührend, dass Sic so besorgt um mich sind.«

Mattern machte ein mürrisches Gesicht. »Ich will mich nicht schon wieder an eine neue Mitarbeiterin gewöhnen müssen, das ist alles.«

Kapitel 18

»Spanien?«, fragte Niklas Schrader und schüttelte lachend den Kopf. »Nein, tut mir leid. Ich war noch nie da. Überhaupt war ich so gut wie nie verreist. Entweder fehlte immer die Zeit oder die nötige Kohle. Meistens beides.«

»Ich kenne das«, antwortete Wiebke Eden mit einem flüchtigen Lächeln. Sie hatte sich mit Schrader und seiner Partnerin Christin in einen kleinen Besprechungsraum des Hotels zurückgezogen, in dem es angenehm abgedunkelt war und die Klimaanlage leise summte.

»Und wie steht es mit Ihnen?«, wandte sich die Kommissarin an die Frau gegenüber.

Christin Specht zupfte am Saum ihres Sommerkleids. »Zweimal Mallorca, wenn Sie das dazuzählen wollen. Und das ist auch schon wieder viel zu lange her.«

»Warum fragen Sie uns eigentlich danach?«, wollte Schrader wissen. Er hielt seinen Blick fest auf die Kommissarin gerichtet. Währenddessen drehte er eine gläserne Limonadenflasche in seinen Händen. An der Außenseite perlten dicke Tropfen Kondenswasser herab.

Wiebke Eden konfrontierte die beiden mit der Vergangenheitsgeschichte der Ermordeten.

In Christin Spechts Gesicht machte sich ein Ausdruck der Betroffenheit breit.

Niklas Schrader senkte leicht den Kopf und starrte auf die dunkelbraun gemaserte Tischplatte.

»Ich weiß so gut wie nichts darüber«, sagte er nach einer Weile. »Ich habe damals nur irgendwie erfahren, dass irgendwas mit ihrer Tante passiert sein musste. Femke hat immer abgeblockt, wenn das Thema auch nur annähernd auf diese Frau gelenkt wurde. Ich hab nie erfahren, was damals wirklich passiert ist. Nur, dass es was Schlimmes gewesen sein musste, das hab ich gewusst.«

»Sie haben nie mehr erfahren wollen?«, fragte Wiebke.

Schrader schüttelte entschieden den Kopf. Er setzte die Flasche an und ließ einen großen Teil des Inhalts in seinen

Rachen fließen. Mit einem leisen *Plopp* lösten sich seine Lippen vom grünen Flaschenhals.

»Sie hat es nicht zugelassen«, sagte er und unterdrückte ein Rülpsen dabei. »Also hab ich es irgendwann sein gelassen, nachzubohren. Es hätte keinen Sinn gehabt.«

»Ich verstehe«, gab Wiebke zurück, auch wenn das nicht ganz ihrer Ansicht entsprach. Sie hatte eigene Vorstellungen davon, worüber man in einer verständnisvollen Partnerschaft sprechen konnte und worüber nicht.

»Das wäre im Grunde auch schon alles«, schob sie hinterher. »Ihnen beiden ist ansonsten nichts mehr zum gestrigen Tag eingefallen?«

Christin Specht schüttelte den Kopf. »Nein. Auch wenn ich mir den Kopf darüber zerbrochen habe, was mit Femke gestern los gewesen ist.«

»Das haben wir wohl alle«, fügte Schrader hinzu. »Ich hab ihr beim Essen schräg gegenüber gesessen. Ab und zu hab ich sie beobachtet. Sie hat kaum etwas gegessen, nur hin und wieder an ihrem Wasser genippt. Gelacht hat sie auch nicht. Ich fand diesen Alleinunterhalter zwar nicht ganz so toll wie anscheinend die meisten anderen, aber zwischendurch hatte er ein paar ganz nette Witze auf Lager.«

»Vielleicht war Femke einfach nicht in Stimmung für sowas«, gab Christin zu bedenken.

»Kann sein«, antwortete er. »Ich hatte sogar den Eindruck, dass sie regelrecht angewidert von der Vorstellung war.«

»Tatsächlich?«, fragte Wiebke mit erwachendem Interesse. »Das ist ein ziemlich starker Ausdruck, finden Sie nicht?«

»Sicher«, gab Schrader zu, »allerdings trifft es den Nagel meiner Meinung nach auf den Kopf. Als dieser Frey nämlich einen ziemlich lahmen Witz über einen Hasen machte, ist sie regelrecht zusammengezuckt.«

»Glauben Sie, dass es an Herrn Frey gelegen hat?«, fragte Wiebke.

»Keine Ahnung«, antwortete Schrader lax. »Ich weiß nur, was ich beobachtet habe. Und ich hab mir da schon gedacht, dass irgendwas nicht mit ihr gestimmt hat. Ich hab noch zu

Christin gesagt, ob wir die Sache mit der Brautentführung nicht besser sein lassen sollen.«

Der Blick der Kommissarin blieb auf der Angesprochenen haften. »Demnach waren Sie dafür, die Sache trotzdem durchzuziehen?«

Christins Blick wurde unruhig. »Ich habe mir gedacht, es könnte Femkes Laune vielleicht etwas aufheitern, wenn sie für einen Moment einen gewissen Abstand zur ganzen Gesellschaft bekommt.« Sie stieß einen leisen Seufzer aus. »Aber dann ist schließlich alles anders gekommen.«

»Haben Sie beide den Saal irgendwann zur fraglichen Zeit verlassen?«, fragte Wiebke. »Ich meine zwischen kurz vor Mitternacht bis etwa halb eins?«

Christin blickte ihren Partner an. Eine kurze, hastige Bewegung ihres Kopfes, der sich in seine Richtung und gleich darauf wieder in seine Ausgangsposition drehte.

»Ich war die ganze Zeit drinnen«, antwortete sie. »Ich habe mich zuerst mit Annette unterhalten und danach noch kurz mit der Frau vom Kirchenbüro. Katharina heißt sie, glaube ich. Um Mitternacht sind wir ja dann zusammen vor die Tür, um nach Femke zu sehen.«

»Ja«, stimmte Schrader zu, »genauso war's.«

»Ich habe da gerade eine gewisse Unsicherheit bei Ihnen gespürt«, bemerkte Wiebke Eden mit Blick auf die Frau vor ihr. »Gibt es da vielleicht noch etwas, das Sie mir mitteilen wollen?«

»Ich …« Christin brach ab. Wieder ging der Blick zu Schrader hinüber. Sie wirkte unruhig, fahrig.

»Frau Specht?«, fragte Wiebke vorsichtig.

»Ich habe Niklas nicht gleich gefunden«, räumte die Angesprochene ein. Sie sah ihren Partner an. »Ich musste dich erst suchen. Irgendwann kamst du von draußen rein. Aber du hast mir bis jetzt nicht gesagt, wo du gewesen bist.«

»Weil es nicht wichtig ist«, beharrte Schrader. Sein Tonfall klang eine deutliche Spur energischer als noch vor wenigen Sekunden.

»Vielleicht würden Sie mir ja diese Frage beantworten«, schlug die Kommissarin vor.

Schrader warf einen sehnsüchtigen Blick auf die Limonadenflasche, die er inzwischen geleert hatte, was er offenbar aber gleich wieder vergessen hatte.

»Ich war draußen, weiter nichts«, presste er schließlich hervor. Es hatte den Anschein, als müsse er mühsam jedes Wort einzeln über seine Lippen transportieren.

»Draußen? Wo genau?« Wiebke Eden sah ihn aufmerksam an.

Gleichzeitig spannte sich Christins Haltung deutlich spürbar an.

»Draußen vor dem Hotel.«

»Ich habe dich da aber nicht gesehen«, antwortete Christin.

»Weil ich eine Runde ums Haus gedreht habe. Vielleicht bin ich in dem Augenblick gerade auf der anderen Seite gewesen. Herrgott, was spielt denn das jetzt noch für eine Rolle?«

»Das kann ich Ihnen sagen«, antwortete Wiebke. »Wir sind auf der Suche nach einer Person, die die Feier zur Tatzeit verlassen hat. Und jeder, der keine einleuchtende Erklärung für seine Abwesenheit abgeben kann, gerät damit unweigerlich in Verdacht. Also? Haben Sie eine Erklärung?«

»Ich hab die Pflegerin gesucht«, brach es aus Schrader heraus.

»Was?« Christin sah ihn mit großen Augen an.

»Die Pflegerin«, wiederholte Schrader energisch. »Diese Janne oder wie sie heißt.«

»Du weißt ganz genau, dass sie so heißt«, antwortete Christin.

»Na und?« Er drehte sein Gesicht in ihre Richtung. »Was heißt das schon?«

»Was wolltest du von ihr?«, fragte sie.

»Was soll ich schon gewollt haben? Nichts hab ich von ihr gewollt.«

»Ein bisschen konkreter dürften Sie schon werden, Herr Schrader«, mahnte die Kommissarin.

»Ich wollte mit ihr reden, mehr nicht. Sie hat mir den ganzen Abend so Blicke zugeworfen.«

»Blicke«, stieß Christin hervor. Das Wort klang, als hätte sie es ihrem Partner vor die Füße gespien.

»Ja, sie hat mich … angemacht.« Schrader suchte erfolglos nach einer halbwegs bequemen Sitzposition. »Jedenfalls hab ich das gedacht. Ich bin raus, weil ich sie zur Rede stellen wollte. Na ja, ich wollte eben wissen, was das soll.«

»Klar«, sagte Christin. »Du warst mal wieder völlig unschuldig.«

»Es ist die Wahrheit!«, rief Schrader ärgerlich. Sein Gesicht war inzwischen rot angelaufen.

»Und haben Sie Frau Holzmann gefunden?«, fragte die Kommissarin.

»Nein«, gab Schrader maulend zurück. »Ich habe keine Ahnung, wohin die sich verzogen hatte. Ich hab sie dann erst später wieder gesehen, als … na ja, als das ganze Theater um Femke losgegangen war.«

Christin Specht stieß ein kurzes, hartes Lachen aus, das humorlos und bitter klang.

Schrader wollte im ersten Moment auffahren, besann sich dann jedoch eines Besseren. Er fraß seinen aufkeimenden Ärger in sich hinein.

»Demnach haben Sie für die Tatzeit kein aussagekräftiges Alibi«, stellte Wiebke Eden mit Blick auf Schrader fest. »Die einzige Person, die Sie entlasten könnte, ist meiner Ansicht nach Frau Holzmann.«

»Wieso?«, entfuhr es Schrader.

»Ich weiß, wo sie ihren Aussagen nach um die fragliche Zeit gewesen ist. Nur leider ist Frau Holzmann im Augenblick nicht auffindbar.«

Christins Blick hob sich. »Was meinen Sie damit? Nicht auffindbar …«

»Sie ist verschwunden«, sagte Wiebke Eden. »Herr Hansen weiß zumindest nicht, wo sie steckt. Und sie geht auch nicht an ihr Telefon. Ich habe es bis gerade eben ein paar Mal erfolglos probiert.«

»Wie seltsam«, meinte Christin leise. »Sie kann doch den alten Mann nicht so lange allein lassen.«

»Auch das wird sich hoffentlich in Kürze aufklären.« Wiebke Eden beugte sich leicht über den Tisch.

»Von Ihnen beiden hat Janne Holzmann in den letzten zwei Stunden zufällig niemand gesehen?«

Kapitel 19

Als Wiebke Eden den kleinen Konferenzraum verließ, wäre sie beinahe mit Hauptkommissar Mattern zusammengeprallt.

»Gibt es etwas Neues zur Fallakte aus Spanien?«

Mattern winkte ab. »Ich hab ein bisschen rumtelefoniert und einen zusammenfassenden Bericht per E-Mail erhalten, aber ehrlich gesagt hätte ich mir das auch sparen können. Was da drin steht, deckt sich in großen Teilen nämlich mit dem, was Gunther Hansen mir erzählt hat.«

»Apropos Hansen«, griff Wiebke dankbar auf, »haben Sie in Erfahrung bringen können, wo Janne Holzmann steckt?«

»Nein«, gab Mattern übellaunig zurück. »Und soll ich Ihnen was sagen? Das gefällt mir ganz und gar nicht.«

»Mir ebenso wenig«, gestand die Kommissarin. »Ich habe sie schon mehrfach angerufen und ihr auf die Mailbox gesprochen. Aber sie meldet sich einfach nicht.«

»Bei Hansen hat sie sich auch nicht gemeldet«, sagte Mattern. »Den hab ich nämlich gerade im Foyer getroffen. Er hat mir verraten, dass er sie feuern wird, sobald sie wieder auftaucht.«

»Wenn sie je wieder auftaucht«, sagte Wiebke leise.

»Was?«

»Ich sagte …«

Mattern winkte ab. »Ich hab schon verstanden. Und das hat mich auf eine Idee gebracht. Erinnern Sie sich noch daran, was Frau Holzmann auf unsere Frage geantwortet hat, wo sie sich zur ungefähren Tatzeit aufgehalten hat?«

»Ich habe gerade mit Frau Specht und Herrn Schrader darüber gesprochen«, antwortete Wiebke. »Ich glaube, ich kann mich sogar noch sehr genau an ihre Worte erinnern. Warten Sie … wie war das … Sie teilte uns mit, dass sie sich in die Nische zurückgezogen hatte, um zu rauchen. Und dann sagte sie etwas Entscheidendes: ›Ich hatte den Haupteingang während der ganzen Zeit genau im Blick. Ich hätte sie sehen müssen, wenn sie das Hotel auf diesem Weg verlassen hätte oder von irgendwoher wiedergekommen wäre.‹«

»Das ist es«, platzte es aus Mattern heraus. »Wissen Sie, was sie damit getan hat?«

»Sie hat dem Mörder damit zu verstehen gegeben, dass sie ihn gesehen hat!«

»Verflucht!« Mattern kratzte sich an der Stirn. »Wir müssen die Frau finden! Wir brauchen Handyortung. Den ganzen Kram!«

»Ich leite das in die Wege. Es ist allerdings fraglich, wie exakt das Gerät und die Karte lokalisiert werden können. Wenn wir Pech haben, erfahren wir nur, dass sie noch auf der Insel ist.«

»Versuchen Sie es trotzdem«, beharrte Mattern. »Ich werde mich inzwischen bei den anderen Gästen umhören, ob sie einer gesehen hat.«

Für den Moment trennten sich die Wege der beiden Inselpolizisten. Wiebke Eden delegierte die Handysuche an die Kolleginnen und Kollegen vom Festland, die sich daranmachen würden, den Mobilfunkanbieter von Janne Holzmann ausfindig zu machen. Erfahrungsgemäß konnte das eine Weile dauern, oftmals zwei bis drei Stunden.

Auf dem Platz vor dem Hotel bemerkte die Kommissarin mehrere größere Metallkoffer, die ihr inzwischen bereits vage vertraut vorkamen. So dauerte es schließlich auch nicht lange, bis sie auf Eric Frey stieß.

»Sie reisen ab?«, fragte sie.

»Allerdings«, gab der Alleinunterhalter geschäftig zurück. »Ich muss morgen wieder in Bremen bei meiner Arbeit sein. Ich mache das hier ja immerhin nur nebenberuflich.« Er blinzelte sie gegen das Sonnenlicht an. »Es sei denn, Sie oder Ihr Kollege haben etwas dagegen?«

»Nein«, antwortete die Kommissarin. »Wir haben ja Ihre Daten, falls noch etwas sein sollte. Und Sie haben die unseren.«

Frey nickte. Für einen Moment wurde sein Blick ernster als sonst. »Ich wünsche Ihnen bei Ihrer Aufgabe viel Erfolg. Sie sind wirklich nicht darum zu beneiden.«

»Wir geben uns Mühe«, versicherte die Kommissarin. »Ach, eine Sache noch, bevor Sie gehen. Sie wird Ihnen vielleicht ein wenig merkwürdig vorkommen.«

»Jetzt bin ich aber gespannt.« Frey drehte sich noch einmal zu der Polizistin um und schirmte dabei seine Augen gegen das helle Licht ab.

»Würden Sie mir den Gefallen tun und mir den Hasenwitz erzählen, den Sie gestern Abend auf der Hochzeitsgesellschaft zum Besten gegeben haben?«

Frey blinzelte erneut. Auf seinem Gesicht entstand ein irritierter Ausdruck. »Was soll ich?«

»Den Witz«, wiederholte Wiebke. »Ihren Hasenwitz.«

Der Alleinunterhalter sah die Kommissarin an, als wäre sie gerade von einem fremden Stern zu ihm herabgestiegen.

Er erzählte seinen Witz, irritiert und lustlos.

Doch Wiebke Eden verstand nicht nur die Pointe, die zu vernachlässigen war, sie begriff plötzlich noch einiges mehr. Und mit einem Mal spürte sie ihren Puls in die Höhe schnellen. Mehr noch, sie befand sich in höchster Alarmbereitschaft.

Kapitel 20

Katharina Mock starrte für einen Moment auf ihren blutroten rechten Daumen, von dem es schwer auf den alten Terrazzoboden der Küche tropfte. Fast neugierig betrachtete sie den Vorgang, bevor sie ihre Hand langsam anhob. Sie steckte ihren Daumen halb in den Mund und leckte ihn genüsslich ab.

»Es hat die richtige Süße«, sagte sie mit genießerisch geschlossenen Augen. »Aber wir werden noch ein paar Marmeladengläser aus dem Keller benötigen. Es waren doch mehr Erdbeeren reif, als ich dachte.«

»Das kann ich doch erledigen«, schlug Leonie Decker vor, die sich bereits hastig ihre geröteten Hände in der Schürze abwischte.

»Sehr gern«, antwortete die andere, »der Karton steht vor dem rechten unteren Regal. Ich habe ihn extra offen gelassen.«

Leonie nickte und beeilte sich, die Küche zu verlassen, in der es seit der Mittagszeit schon aus zwei großen Töpfen dampfte und brodelte.

Sie spürte seit einer halben Stunde bereits einen drückenden Kopfschmerz, der ganz sicher auf den kaum vorhandenen Schlaf der letzten Nacht und die grässlichen Ereignisse zurückzuführen war.

Im Flur herrschte ein seltsam diffuses Licht. Die Luft hier drinnen war stickig, abgestanden und roch penetrant nach Zuckerwatte, was sie an ein unangenehmes Jahrmarkterlebnis vor vielen Jahren erinnerte, als sie sich an einem Tag wie diesem mitten auf dem Gelände neben der Achterbahn und zwischen lauter gaffenden Menschen hatte übergeben müssen.

Die Erinnerungen an dieses Trauma holten sie beinahe schlagartig ein. Obwohl sie heute Morgen kaum etwas gegessen hatte, überkam sie das Gefühl, als würde ihr gesamter Mageninhalt gerade vehement am oberen Ende ihrer Speiseröhre anklopfen.

Was sie brauchte, war frische Luft. Der Keller würde warten müssen.

Sie passierte die angelehnte Holztür mit dem uralten schmiedeeisernen Griff und wandte sich stattdessen dem Ausgang zu.

Leonie riss die Tür auf und torkelte wie eine Betrunkene die beiden steinernen Stufen hinunter nach draußen.

In ihrem Kopf hämmerte es. Als sie die drückende Schwüle der Mittagshitze umfing, tanzten plötzlich lauter dunkle Flecken auf ihren Netzhäuten.

Sie zwang sich, tief einzuatmen. Währenddessen taumelte sie ziellos weiter. Sie hatte das Gefühl, sich bewegen zu müssen, um den gefürchteten Brechreiz zu unterdrücken.

Vielleicht, nein sehr wahrscheinlich sogar, hatte sie sich wieder einmal zu viel zugemutet. Warum hatte sie Spiekeroog nicht einfach den Rücken kehren können?

Nun, weil ihr die Insel möglicherweise egal war, ganz sicher aber nicht das Schicksal eines Menschen, der sich augenblicklich noch hier aufhielt.

Leonie hatte ihn zuletzt nur von Weitem gesehen. Sie hatte nicht den Mut aufgebracht, noch einmal zu ihm zu gehen.

Was würde Steffen ihr sagen? Würde er sie wieder anschreien, sie rauswerfen? Was mochte er in diesem Augenblick über sie denken?

Leonie Decker schüttelte verzweifelt den Kopf. Was bildete sie sich ein? Glaubte sie wirklich, dass Steffen im Moment und für die ganze nächste Zeit in der Lage sein würde, auch nur für eine Sekunde an sie, an Leonie, zu denken?

Wie egoistisch von mir, dachte sie. Wie eigennützig. Und wie dumm.

Steffen hatte bereits mit ihr abgeschlossen gehabt, als sie noch ein Paar gewesen waren. Das war die bittere Wahrheit, vor der sie jetzt bereits seit Jahren davonlief. Eigenartig, dachte sie, dass sie dieser Gedanke ausgerechnet jetzt einholte, während sie sich an der Ecke des kleinen Gartenhauses festhielt wie an einem Rettungsanker und mit ihrer Übelkeit kämpfte.

Was tat sie hier? Warum war sie nicht längst abgereist? Ihre Überlegungen, über die sie längst schon keine Kontrolle mehr hatte, drehten sich im Kreis. Alles schien sich zu drehen.

Leonie fühlte sich, als sei sie wieder elf Jahre alt und dieses Mal in die Achterbahn gestiegen, anstatt nur den anderen dabei zuzusehen, wie sie sich vergnügten.

Sie blinzelte. Für einen Augenblick wurde der Brechreiz so stark, dass sie dachte, sie könne sich nicht länger zusammenreißen. Die dunklen Punkte vor ihrem inneren Auge wurden zu riesigen Flecken, deren Ränder sich abwechselnd ausdehnten und gleich im nächsten Moment wieder zusammenzogen wie etwas, das pulsierte, das lebte.

Leonie stöhnte leise. Mit beiden Händen umklammerte sie die von der Sonne erwärmten Felssteine. Dabei versuchte sie, kontrolliert zu atmen. Ein. Und wieder aus.

Sie achtete auf die leisen, regelmäßigen Geräusche, die sie dabei verursachte. Sie blinzelte.

Und während sie das tat, fiel ihr Blick auf den kleinen Gegenstand, der neben ihr, halb in den Boden eingesunken, glitzerte. Er erregte ihre Aufmerksamkeit. Mehr noch, er schien sie magisch anzuziehen. Doch noch traute sich Leonie nicht, ihre Position aufzugeben, um nachzusehen.

Ihr Magen rebellierte noch einmal, dann schien sich das Untier, das irgendwo dort unten wütete, langsam zu besänftigen, zur Ruhe zu legen, wenngleich vermutlich immer noch mit einem wachsamen Auge und jederzeit bereit, mit lautem Gebrüll erneut loszustürmen.

Leonie schniefte leise und horchte auf ihr Inneres. Ihr Kreislauf beruhigte sich nach und nach. Sie fuhr sich mit der Zunge über ihre spröden Lippen.

Ein Ohrring, dachte sie. Das, was da in der Sonne funkelte, war ein goldener Ring mit einem ebensolchen Anhänger. Er sah aus wie neu. So, als würde er noch nicht lange hier liegen.

Leonie löste sich von der Mauerecke und trat zwei Schritte auf das offenbar verlorene Schmuckstück zu. Es lag direkt vor der Holztür mit dem rostigen und traurig herabhängenden Riegel, der offenbar seit Langem nicht mehr richtig schloss.

Sie bückte sich nach dem Ohrring und hob ihn auf, wischte ein paar Sandkörner herunter und betrachtete ihn im Sonnenlicht. Er wirkte klein, fast zierlich und an dieser Stelle vollkommen fehl am Platz.

Leonie blickte sich um, als erwarte sie, die Besitzerin des Schmuckstücks hier anzutreffen.

Es war niemand in der Nähe. Aus dem Haus mit den geöffneten Fenstern glaubte sie, Geräusche zu vernehmen, die ganz sicher aus der Küche stammten.

Leonie wollte sich abwenden, als die Tür vor ihr ein leises Geräusch von sich gab. Es war der Wind, der sie erfasst und gegen den Rahmen geschlagen hatte. Mit einem leisen Knarren kam sie zwei oder drei Zentimeter auf Leonie zu, sodass sie aus einem Reflex heraus ihre Hand danach ausstreckte.

Die Tür gab einen kurzen Blick in das Innere des Schuppens frei. Dort herrschte vorwiegend Dunkelheit.

Leonie warf einen kurzen Blick auf den Ohrring in ihrer Hand. Ob das passende Gegenstück auch hier zu finden war? Und wem mochte der Ohrring gehören?

Leonie wusste nicht viel über Katharina Mock, die einzige Frau im Haus, doch sie machte nicht den Anschein, als würde sie solche Art von Schmuck tragen.

Das Dunkel hinter der Tür hatte etwas Verlockendes, Geheimnisvolles. Leonie öffnete die Tür so weit, dass sie eintreten konnte.

Im Vergleich zu den brütenden Temperaturen draußen und der aufgestauten Hitze zwischen dem Haus und dem Geräteschuppen empfing sie eine angenehme Kühle.

Leonie blieb einen Augenblick bei der Tür stehen und genoss die Schatten. Sie wirkten sich fast augenblicklich auf das Dröhnen in ihrem Kopf aus. Es ließ merklich nach, sodass sie zwei weitere Schritte wagte. Dass die Tür leise hinter ihr zufiel, störte sie dabei nicht.

Ihre Augen begannen, sich an das Dämmerlicht hier drinnen zu gewöhnen. Leonie atmete tief durch. Trotz des eigenartigen Geruchs war ihre Übelkeit nahezu komplett verschwunden.

Was tat sie hier – sich abkühlen, sich erholen? Oder war sie auf der Suche nach dem zweiten Ohrring? Der Gedanke war lächerlich, doch genau wie die Tarotkarten am Ende immer Antworten aufzeigten und auf seltsame Weise zueinander passten, so glaubte Leonie fest daran, dass es Dinge gab, die unweigerlich zusammengehörten. Yin und Yang oder einfach nur zwei Menschen. Steffen und …

Sie schüttelte den Kopf. Sie durfte nicht wieder davon anfangen. Vielleicht war es jetzt wirklich an der Zeit, Spiekeroog zu verlassen. Noch heute. Vielleicht schon innerhalb der nächsten Stunde.

Leonie tat einen tiefen Atemzug und wollte sich zum Gehen wenden, als etwas im hinteren Teil des Schuppens ihre Aufmerksamkeit erregte.

Keine Bewegung und kein Geräusch. Es war wie mit dem Ohrring vor der Tür, es handelte sich um etwas, das hier nicht hergehörte.

Noch waren die Umrisse nicht klar zu erkennen. Das Bild war verschwommen, doch es kristallisierte sich langsam heraus, je näher Leonie der großen hölzernen Kartoffelkiste kam, die mit Leinensäcken verdeckt war. Allerdings nicht vollständig, denn etwas lugte unter dem Stoff hervor.

Die weißen Finger einer Hand!

Leonie kniff ihre Augen leicht zusammen, um besser sehen zu können. Noch zwei Schritte, dann hatte sie die Stelle erreicht.

Ihr erster Eindruck hatte sie nicht getäuscht. Es waren menschliche Finger. Zarte, feingliedrige Finger, die nur zu einer Frau gehören konnten, obgleich die Nägel nicht lackiert waren. Sie waren auch keiner Maniküre unterzogen worden. Sie waren … einfach!

Leonie spürte, dass sie zu zittern begonnen hatte. Etwas, das sich wie ein leiser Schauer anfühlte, rieselte vom Nacken beginnend ihren Rücken herunter.

Ihre Zungenspitze suchte erneut den Weg über ihre getrockneten Lippen. Dieses Mal war es ein Ausdruck der Nervosität.

Leonie streckte ihre Hand aus. Sie blickte auf ihre Finger, die sich denen näherten, die aus der Holzkiste ragten. Gleich würden sich die Kuppen berühren.

Doch Leonie griff nach dem derben Leinenstoff. Sie hielt den äußeren Zipfel in der Hand und verharrte für einen Moment in der Bewegung. Sie wusste, wenn sie jetzt daran zog, würde sie auf immer mit dem Bild leben müssen, das sie zu sehen bekommen würde.

Noch ein kontrollierter Atemzug, dachte sie. Ein. Und wieder aus.

Mit einer energischen Bewegung riss sie den Leinenstoff beiseite. Staub wirbelte auf, der sich gegen das spärlich einfallende Licht abzeichnete.

Leonie starrte in das Innere der Kiste. Im nächsten Moment stieß sie einen heiseren, halb erstickten Schrei aus.

Eine Bewegung hinter ihr. Ein Schatten in der Tür, ein menschlicher Umriss.

Eine Stimme: »Was machen Sie da?«

Leonie wirbelte herum. Durch ihren Kopf zuckte ein scharfer, stechender Schmerz. Die dunklen Flecken waren auferstanden und führten einen wilden Tanz auf, während sie gegen das grelle Sonnenlicht blickte, das durch die Tür einfiel und einen breiten Keil auf den Boden zeichnete.

Der Schatten war nicht stehen geblieben. Er kam näher, direkt auf sie zu.

Leonie war unfähig, sich zu bewegen. Sie erstarrte, war der Situation vollkommen ausgeliefert.

Eine Hand schoss aus dem Halbdunkel hervor, packte sie bei der Schulter und rüttelte sie.

»Leonie! Was ist mit Ihnen?«

Erst jetzt erkannte sie die Stimme von Katharina Mock. Die Frau stand direkt vor ihr, die Augen weit aufgerissen, um den Mund verhärmt wirkende Falten.

Leonie Decker antwortete nicht. Sie konnte nicht. Sie hatte das Gefühl, als würde ein trockener Schwamm in ihrer Kehle stecken, der unbarmherzig alles aufsaugte.

Sie musste ihre volle Konzentration aufbieten, um einen Schritt zur Seite zu treten.

Neben ihr ertönte ein fauchendes Geräusch, das an eine Raubkatze erinnerte. Dabei war es Katharina Mock, die scharf ihren Atem eingesogen hatte.

»Was ist das?«, presste die Angestellte hervor. »Was ist hier passiert? Was haben Sie getan?«

Leonie fühlte den Blick der anderen auf sich ruhen. Sie wandte ihren Kopf.

Katharina Mock starrte sie aus weit aufgerissenen Augen an. Ein Gemisch unterschiedlichster Ausdrücke spiegelte sich darin: Irritation, Misstrauen und Angst. Wobei das Misstrauen vielleicht die am meisten schockierende Gefühlsregung war.

»Ich … ich habe nicht …«, presste Leonie hervor. Ihre Stimme klang im Innern des Nebengebäudes dumpf und unheilschwanger.

Die Frau neben ihr machte eine Bewegung. Sie war einen Schritt näher an die Kiste herangetreten.

»Das ist Janne Holzmann«, flüsterte sie.

Leonies Blick fiel auf den goldenen Ring, den die Tote noch immer an ihrem linken Ohr trug.

Seltsam, dachte sie, während sie das geringe Gewicht des Gegenstücks in ihrer Hand spürte, seltsam, wie Dinge, die zusammengehörten, irgendwann wieder zusammenfanden.

Die Augäpfel der Toten wirkten, als würden sie selbst jetzt noch jeden Moment aus den Höhlen quellen. Der Mund war offen, die Lippen grausam verzerrt und dazwischen eine rosafarbene Zungenspitze, die nur ein winziges Stück herausragte. Die Kleidung der Toten war fleckig von Kartoffelstaub.

Für die Dauer einiger unendlich lang erscheinender Sekunden war nur das hektische Atmen Katharinas zu hören.

Die Frau vom Kirchenbüro stand leicht breitbeinig vor der Kiste, die Arme ein wenig abgespreizt. Ihre Hände hatte sie zu Fäusten geballt.

»Sie ist tot.«

Die Worte schwebten als Flüstern durch den Raum und gaben der unerträglichen Situation endlich einen Namen. Die Wahrheit war ausgesprochen. Das, was danach kam, war nur noch eine logische Folge dessen.

»Sie ist erwürgt worden.«

Katharina Mock wandte ihren Blick in Leonies Richtung. Die beiden Frauen sahen sich für einen Moment an wie in einem stummen Duell.

Leonie streckte ihre Hand vor, in der der goldene Ohrring lag. »Ich habe ihn draußen vor der Tür gefunden. Deswegen bin ich doch erst …«

Sie sprach den Satz nicht zu Ende, weil in diesem Moment Schritte zu hören waren, die sich von draußen, vom Haus her, näherten.

Leonie Decker sah Katharina in die Augen. Etwas im Blick der anderen veränderte sich in dieser Sekunde. Ein Ausdruck des Begreifens, des Verstehens, kristallisierte sich heraus und gewann die Oberhand, bis er sich über ihr ganzes Gesicht ausbreitete.

»Was ist denn hier los?«, fragte Pastor Fuchs, der ähnlich wie seine Mitarbeiterin zuvor in der Tür stehen geblieben war. Nur wirkte seine Gestalt wesentlich massiger, kräftiger und damit auch ungleich bedrohlicher auf die beiden Frauen.

Fuchs stieß sich vom Türrahmen ab und kam näher. Zwei Schritte. Drei. Dann blieb er stehen und blickte zwischen den beiden Frauen hindurch auf die Kiste.

Die tote Janne Holzmann starrte mit offenen Augen gegen die Decke.

»Sie hat versucht, mich zu erpressen«, sagte Fuchs leise. »Ich konnte das nicht zulassen.« Nacheinander sah er die beiden lebenden Frauen an.

»Sie hat mir keine andere Wahl gelassen.« Auf seinem Gesicht lag ein Ausdruck, als würde er Entschuldigung oder gar Mitleid heischen. Als sei er nur das Opfer in einem bizarren Spiel. Sahen es die beiden denn nicht?

»Sie waren das?«, fragte Leonie Decker. »Sie haben … es getan?«

Fuchs war still stehen geblieben. Er hatte seine breiten Hände über seine Gürtellinie gehoben. Sie rieben aneinander, wanden sich wie Reptilien und erzeugten dabei Geräusche wie Schmirgelpapier. Sein rechter Mundwinkel zuckte unaufhörlich.

»Es … ist nicht richtig«, stieß Leonie aus. Sie versuchte, weder die Tote noch ihren Mörder anzusehen. »Man hat im Leben immer eine Wahl. Sie haben sich für die schlimmste aller Lösungen entschieden. Irgendwann … werden Sie sich dafür rechtfertigen müssen.«

»Vielleicht«, antwortete Fuchs leise. »Ganz sicher sogar. Aber bis dahin ist es noch etwas Zeit. Und die werde ich versuchen, so angenehm wie möglich zu verbringen … Katharina?«

Die Angestellte wandte ihren Kopf in seine Richtung. Ihre Hände, ihr ganzer Körper schien zu zittern.

»M-Matthias?«

»Geh zurück ins Haus. Warte dort auf mich.«

»Aber …«

»Geh ins Haus«, wiederholte er in eindringlichem Ton.

Katharina Mock sah Leonie an, in deren Blick etwas Flehendes lag. Er war erfüllt von Verzweiflung und schierer Pein.

»Mach schon!«

Leonie schüttelte stumm den Kopf. Noch immer hielten die beiden Frauen Kontakt über ihre Augen.

Eine Träne lief über Katharinas rechte Wange. Sie hatte ihre Lippen fest aufeinandergepresst. Ihr Kinn bebte. Dann wandte sie sich ab und drängte sich am Pastor vorbei. Im nächsten Moment verdunkelte ihre schmächtige Gestalt den Eingang.

Dann war sie fort.

Kapitel 21

Tränen verschleierten ihre Sicht, als sie die Hintertür öffnete und ins Haus stürmte. Es war still. Nur ihre hastigen Schritte und ihr stoßweiser Atem waren zu hören, als sie in der Küche stehen blieb und sich verzweifelt im Kreis drehte. Wonach suchte sie?

Glaubte sie wirklich daran, dass sie die Ereignisse, die draußen im Gartenhaus ihren Lauf nahmen, noch aufhalten konnte?

Mit dem Ärmel ihrer Bluse wischte sie die Tränen weg. Sie schniefte. Noch immer rasten ihre Gedanken. Ihr Blick fiel auf die breite hölzerne Schublade neben dem Herd.

Katharina Mock machte einen Schritt darauf zu und riss sie mit einer kraftvollen Bewegung auf. Das Besteck darin rasselte.

Sie starrte auf das alte Brotmesser mit dem abgewetzten Griff, das sie erst im Frühjahr zum Scherenschleifer gegeben hatte. Die lange, über die Jahrzehnte etwas schmaler gewordene Klinge blitzte im Licht der schräg einfallenden Sonnenstrahlen.

Sie streckte ihre Hand aus und riss das Messer aus der Schublade. Als sie sich hastig umdrehte, wäre sie beinahe gegen eine Gestalt gelaufen, die sie im ersten Moment nicht einmal richtig wahrnahm.

Katharina Mock keuchte vor Schreck, die Hand, in der sie das Messer hielt, zuckte vor.

Ihre Bewegung wurde jäh gestoppt.

Wiebke Eden hatte den Unterarm der Frau gepackt.

»Tun Sie das nicht«, sagte die Kommissarin leise.

Katharina brach in Tränen aus. Ihr Körper erschlaffte sichtlich. Sie stand kurz vor dem Zusammenbruch.

»Ich … ich wollte nicht …«

»Ich weiß«, unterbrach die Kommissarin. Sie blickte sich um, sah dann Katharina in die Augen.

»Wo ist er?«

Das bebende Kinn der Angestellten deutete in Richtung des Hinterausgangs. »Im Gartenhaus. Beeilen Sie sich!«

Wiebke Eden setzte sich sofort in Bewegung. Sie rannte durch den hinteren Flur und riss die Tür nach draußen auf.

Das Gartenhaus lag schräg vor ihr. Die Tür war nur angelehnt und klapperte leise im Wind.

Die Polizistin hielt darauf zu. Auf dem Weg glaubte sie bereits, aus dem Innern Geräusche wahrzunehmen. Ein ersticktes Keuchen und das schamlose Ächzen eines Mannes.

Wiebke Eden zog ihre Dienstpistole, entsicherte sie und riss die Tür auf.

»Halt! Polizei!« Ihre Worte gellten durch das Innere.

Pastor Fuchs hatte sich über eine weibliche Gestalt gebeugt. Leonie Decker. Sie war nur noch halb bei Bewusstsein.

Die kräftigen Hände des Mannes hatten sich um ihre Kehle gelegt und drückten erbarmungslos zu.

»Lassen Sie die Frau los! Sofort!«

Die Polizistin legte die Waffe auf den Täter an.

Fuchs verharrte mitten in der Bewegung. Er atmete schwer. Wie in Zeitlupe lösten sich seine Finger von Leonie Deckers Kehle.

Sie sank mit einem Keuchen zu Boden. Dann griff sie sich an den Hals und rang nach Luft.

»Matthias Fuchs, Sie sind festgenommen«, erklärte die Beamtin. »Nehmen Sie die Hände hoch und kommen Sie langsam vor!«

»Ich kann Ihnen alles erklären«, antwortete der Geistliche.

»Das werden Sie sogar müssen. Aber nicht hier, sondern auf der Dienststelle. Kommen Sie.«

Fuchs wagte sich einen Schritt vor. Ein nervöses Lächeln stahl sich in sein Gesicht. Dabei schien er seinen rechten Mundwinkel nicht mehr unter Kontrolle zu haben. Er zuckte pausenlos.

»Wie haben Sie es herausbekommen?«

Wiebke Eden wich zwei Schritte zurück. »Wir haben herausbekommen, was damals in Spanien passiert ist. Femke Theis muss den Mörder damals gesehen haben. Und Jahre später ist sie ihm auf Spiekeroog wiederbegegnet. Durch einen seltenen Zufall. Aber es gibt solche Dinge. Sie hat Sie wiedererkannt, Herr Fuchs. Wahrscheinlich ausgerechnet in dem Augenblick, als Sie die Trauung vollzogen haben.«

»Ich hatte keine Ahnung, dass sie es war«, gestand Fuchs. »Die Vorgespräche mit dem Brautpaar hatte Frau Mock geführt, weil ich zu der Zeit auf einem Seminar gewesen bin. Selbst als ich später den Namen Femke Hansen las, habe ich noch keinen Verdacht geschöpft. Femkes Tante hieß Jaworski. Den Nachnahmen ihrer Nichte habe ich nie gewusst oder hatte ihn in der Zwischenzeit vergessen. Erst als ich sie das erste Mal kurz vor der Trauung am Strand sah, wusste ich Bescheid. Aber da gab es kein Zurück mehr. Es kam, wie es kommen musste: Sie hat mich erkannt. Aber auch sie war verdammt dazu, das Spiel mitzuspielen. Zumindest hat sie es getan. Bis zu einem gewissen Punkt.«

»Was hat Sie veranlasst, sie in den Pavillon zu locken?«, entfuhr es der Kommissarin.

»Der Pavillon«, sagte Fuchs melancholisch. »Hätte es einen besseren Ort für eine solche Inszenierung gegeben? Ich musste sie von der Hochzeitsgesellschaft weglocken, nicht wahr? Ja, sie hat mich damals in Spanien gesehen. Ich vermute sogar, dass sie ihre Tante und mich heimlich beim Pool beobachtet hat. Sie hat gesehen, wie ich Margitta …«

Die Finger des Pastors gerieten in Bewegung, so als würden sie sich erneut um die Kehle einer Frau legen.

»Ich habe damals ein paar sehr schöne Tage mit Margitta verbracht. Ich bedrängte sie, alles hinter sich zu lassen und mit mir zurück nach Deutschland zu gehen, um dort eine gemeinsame Zukunft zu beginnen. Aber sie weigerte sich. Mehr noch: Wir gerieten in einen heftigen Streit darüber, und sie drohte damit, alles meiner damaligen Frau zu erzählen. Auch sie hat mir keine Wahl gelassen.«

Eine kurze Pause entstand.

»Und Femke«, fuhr Fuchs fort, »… sie hatte ihre Erinnerungen an jene Nacht offenbar verdrängt. Immerhin war sie damals noch sehr jung. Und so setzte ich darauf, ihr verdeutlichen zu können, dass es sich um ein großes Missverständnis handelte. Ich sagte ihr, dass wir reden müssten und dass dieses Gespräch keinen Aufschub duldete. Ich gab mir alle Mühe, sie zu überzeugen. Und sie hat es eingesehen. Ich verließ das Lokal durch die Hintertür und ging die wenigen Meter bis zum Rathaus, wo es um diese Zeit still war. Beim Pavillon wartete ich auf sie.«

»Wann haben Sie das Loch in den Fensterrahmen gebohrt?«, fragte Wiebke dazwischen.

»Kurz bevor es zur Feier ging. Ich war zu Hause, um mich umzuziehen. Ich nahm meinen Akkubohrer, ging zum Pavillon und wartete einen ruhigen Moment ab, in dem keine Menschen zu sehen waren.«

»Riskant«, gab die Kommissarin zu bedenken.

»Sogar sehr riskant«, gestand Fuchs. »Aber es war Teil meines Plans. Ich war immerhin gezwungen, etwas zu tun. Und da dem so war, stand für mich fest, dass ich es clever tun würde. Alles sollte danach aussehen, als habe sich die Braut selbst das Leben genommen. Ich brauchte nur noch eine Pistole und einen Keil, um die Tür des Pavillons zu verschließen. Das eine fand ich im Hotel, das andere in der obersten Schublade meiner Kleiderkommode.«

»Was ist dann passiert?«, fragte Wiebke trocken. Mit einem kurzen Blick auf Leonie Decker registrierte sie, dass die Frau dabei war, sich zu erholen.

»Femke kam nur wenige Minuten später«, erklärte Fuchs. »Ich gab ihr ein Zeichen, und sie näherte sich dem Pavillon. Ich vergewisserte mich, dass wir allein waren, ging auf sie zu und zwang sie, mit mir hineinzugehen. Ich bugsierte sie mit Gewalt auf den Stuhl. Den Rest können Sie sich sicher ausmalen, oder soll ich vielleicht …«

»Nein«, sagte Wiebke.

»Dennoch würde ich gerne wissen, wie Sie ausgerechnet auf mich gekommen sind«, sagte Fuchs.

»Anhand der Spanien-Geschichte wussten wir, dass wir aller Wahrscheinlichkeit nach einen Mann zu suchen hatten«, erklärte Wiebke. »Zudem einen Mann, der mit Femke nicht allzu vertraut war. Zumindest versuchten wir, dieser Logik zu folgen. Damit gerieten Sie und Eric Frey ins Visier. Misstrauisch wurde ich, als ich von einem Witz hörte, den Frey am Abend auf der Hochzeitsfeier erzählt hatte. Man sagte mir, dass Femkes Reaktion darauf besonders ablehnend gewesen war.«

»Ein Witz?« Fuchs legte den Kopf schräg. Sein Gesicht war verzerrt.

»Erwarten Sie nicht, dass ich Ihnen den erzähle«, antwortete Wiebke Eden. »Nur so viel: Es kam darin nicht nur ein Hasenpärchen vor, sondern auch ein Fuchs. Femke soll unter diesem Wort in besonderer Weise zusammengezuckt sein.«

»Ich verstehe«, sagte der Geistliche.

»Also beschloss ich, Sie aufzusuchen, um Sie gezielter nach den Ereignissen zu befragen«, fuhr die Kommissarin fort. »Immer noch ohne dabei einen wirklich begründeten Verdacht zu haben. Als ich dann jedoch Ihr Haus betrat, nachdem offenbar niemand mein Klopfen gehört hatte, und ich Frau Mock in völlig aufgelöstem Zustand mit einem Messer in der Hand antraf, da wusste ich plötzlich, dass ich auf der richtigen Spur war.« Wiebke Eden deutete mit dem Lauf ihrer Pistole zur Holzkiste hinüber. »Janne Holzmann hat Sie gesehen, richtig?«

»Ja«, antwortete Fuchs. »Ich hatte keine Ahnung davon. Aber später hat sie mir zu verstehen gegeben, was sie wollte.«

»Geld.«

Der Pastor nickte. »Aber sie hätte keine Ruhe gegeben. Solche Leute tun das niemals.«

»Also haben Sie auch sie umgebracht«, sagte die Kommissarin. »Und Sie hätten diese Serie an Frau Decker fortgesetzt. Wer wäre die Nächste gewesen – Frau Mock?«

»Katharina liebt mich«, entfuhr es Fuchs. »Sie hätte mich niemals mit einem Messer attackiert. Ich hätte sie schon davon überzeugt, dass es besser ist, zu kooperieren.«

»Das hat sich erübrigt. Sie kommen jetzt mit auf die Dienststelle.«

»Entschuldigung«, antwortete Fuchs leise, »aber wenn Sie gestatten, dann möchte ich genau das lieber nicht tun.«

Die rechte Hand des Pastors zuckte vor, ergriff ein dickes Holzscheit von dem Stapel direkt neben ihm und schleuderte es auf die Kommissarin.

Wiebke Eden wurde am Handgelenk getroffen. Sie schrie auf, als ihr das Scheit die Pistole aus der Hand prellte.

Schmerzerfüllt wankte sie einen Schritt zurück und schlug mit der Hüfte gegen den Türrahmen.

Sofort hatte Fuchs einen Satz auf sie zugemacht und packte sie am Kragen ihres Shirts.

Wiebke wurde nach vorn gerissen, auf ihren Gegner zu. Ein kräftiger Arm legte sich um ihren Hals. Die Polizistin war nahezu unfähig, sich zu rühren.

»Sie hätten sich nicht einmischen dürfen«, vernahm sie die keuchende Stimme des Pastors direkt neben ihrem linken Ohr. Zudem nahm sie seinen penetranten Schweißgeruch wahr.

Wiebke versuchte, sich zu wehren, doch Fuchs gelang es, ihren gezielten Tritten auszuweichen und sie am Ende zu unterbinden.

»Sie werden den Schuppen nicht mehr lebend verlassen«, flüsterte Fuchs und drückte erbarmungslos zu.

Wiebke Eden bekam keine Luft mehr. Zudem schränkte die Schuppenwand in ihrem Rücken ihre Bewegungsfreiheit enorm ein.

Durch ihren von Tränenflüssigkeit verschleierten Blick registrierte sie, wie sich Leonie Decker im hinteren Teil des kleinen Gebäudes wieder aufrichtete.

Die Frau wankte unsicher zwei Schritte vor. In einer mechanischen Bewegung hob sie ihren rechten Arm bis kurz unter die niedrige Decke. Von einer rostigen Stange nahm sie einen eisernen Haken, der an seinem unteren Ende fast nadelspitz zulief.

Die Kommissarin wollte trotz allem den Kopf schütteln, doch sie war zu dieser Bewegung bereits nicht mehr fähig. Sie nahm die Geräusche im Innern des Gartenhauses nur noch wie durch einen dicken Wattefilter wahr. Ihr Herzschlag hämmerte, und es rauschte dumpf und dunkel hinter ihren Schläfen.

Leonie Decker kam näher. Fuchs schien sie nicht zu bemerken, offenbar hatte er die unscheinbare Frau vollkommen abgeschrieben.

Sie hob die Hand, die den spitzen Haken hielt, bereit, ihn dem Widersacher von hinten in sein Fleisch zu rammen.

In Höhe seines Nackens verharrte sie in der Bewegung. Dann stieß sie zu!

Wiebke Eden warf sich in diesem Augenblick nach vorn. Sie und Fuchs gerieten ins Taumeln.

Die Spitze des Hakens verfehlte den Nacken des Pastors und riss ihm stattdessen das Hemd über der linken Schulter auf.

Leonie Decker schrie vor Wut und Enttäuschung auf.

Fuchs gab einen stöhnenden Laut von sich, während die Kommissarin noch immer versuchte, sich aus seiner Umklammerung zu befreien.

Mit einem Mal wurde ihr Gegner von einer kräftigen Hand am Kragen gepackt.

Fuchs riss ungläubig die Augen auf. In der nächsten Sekunde wurde er gewaltsam zurückgezogen und starrte in das Gesicht von Hinrich Mattern.

»Was sind denn das für Methoden?«, rief der Hauptkommissar, packte den mörderischen Pastor fester und schleuderte ihn mit einer kräftigen Bewegung gegen die Wand neben der Tür.

Das Holz ächzte unter der Wucht des Aufpralls.

Noch ehe Fuchs sich besinnen konnte, hatte Mattern ihn erneut gepackt und ihm den rechten Arm auf den Rücken gedreht.

Der Pastor schrie auf, hoch und schrill. Und das war alles, was Matthias Fuchs für lange Zeit von sich geben sollte.

Bis zu jenem Punkt, als herauskam, dass er nie eine theologische Ausbildung genossen hatte, sondern als Betrüger, Schwindler und Mörder nach Spiekeroog gekommen war.

Am nächsten Morgen begleitete Wiebke Eden eine in sich gekehrte, aber dennoch offenbar zuversichtliche Leonie Decker zur Fähre.

»Ich hoffe, Sie werden all das verarbeiten können«, sagte die Kommissarin zum Abschied. Sie deutete zu Steffen Theis hinüber, der bereits am Anleger wartete und der schneeweißen Fähre entgegensah. »Vielleicht gehen Sie zu ihm. Sie haben beide in den letzten Stunden Schlimmes durchlebt. Sprechen Sie mit ihm. Möglich, dass es Ihnen beiden guttun wird.«

Leonie Decker nickte. Ihr Blick wanderte kurz zu dem Wartenden hinüber, der ihnen den Rücken zuwandte und sie offenbar noch gar nicht bemerkt hatte.

»Ich werde ihn nicht bedrängen«, versprach sie.

»Eines hätte ich trotzdem noch gerne gewusst«, sagte Wiebke Eden zum Abschied. »Die Sache mit den Karten … Haben Sie das alles wirklich so konkret vorausgesehen?«

Leonie Decker drehte ihr Gesicht in den frischen Wind, der ihre Haare nach hinten wehen ließ. Als sie die Kommissarin wieder anblickte, antwortete sie: »Es heißt, dass sie niemals lügen. Aber im Nachhinein bin ich mir nicht mehr sicher, was davon wahr ist und was meiner zugegeben etwas morbiden Fantasie entsprungen ist. Vielleicht belasse ich es lieber dabei.«

Wiebke Eden sah ihr nach, noch lange Zeit, nachdem sich die beiden Frauen voneinander verabschiedet hatten.

Sie beobachtete, wie Leonie an Deck der Fähre auf einen einsam an der Reling wartenden Mann zutrat und sich einen Augenblick später neben ihn stellte. Die beiden blickten auf das Wattenmeer hinaus.

Die Inselkommissarin von Spiekeroog wandte sich zum Gehen. Sie wollte genau dieses Bild in Erinnerung behalten.

- E N D E -

Ostfrieslandkrimi-Empfehlungen des Klarant Verlages

Ein Fall für Eden und Mattern

Spiekeroog! Die junge Kommissarin Wiebke Eden kann zunächst ihr Glück kaum fassen, als sie auf eigenen Wunsch auf die idyllische Nordseeinsel versetzt wird. Denn nichts wünscht sich Wiebke sehnlicher, als in ihr geliebtes Ostfriesland zurückzukehren. Doch sie hat nicht mit Kommissar Hinrich Mattern gerechnet. Der grummelige Inselkommissar ist ein ostfriesischer Eigenbrötler, wie er im Buche steht. Mattern hat schon viele Ermittlungspartner von der Insel vergrault. Und allein löst er die Fälle sowieso am besten. Entsprechend schroff der Start der beiden. Hat das ungleiche Ermittler-Duo überhaupt eine Zukunft? Viel Zeit, darüber nachzudenken, bleibt den Spiekeroog-Kommissaren nicht, denn direkt nach Wiebkes Ankunft auf der Insel wartet schon der erste Mordfall …

Kennen Sie auch schon die anderen Bände der spannenden Ostfrieslandkrimi-Serie von Marc Freund?

»Spiekerooger Austern«, Band 1
Taschenbuch-ISBN: 978-3-96586-432-0
eBook-ISBN: 978-3-96586-433-7

»Spiekerooger Abgründe«, Band 2
Taschenbuch-ISBN: 978-3-96586-479-5
eBook-ISBN: 978-3-96586-480-1

»Spiekerooger Falle«, Band 3
Taschenbuch-ISBN: 978-3-96586-646-1
eBook-ISBN: 978-3-96586-645-4

»Spiekerooger Rückkehr«, Band 4
Taschenbuch-ISBN: 978-3-96586-752-9
eBook-ISBN: 978-3-96586-753-6

»Spiekerooger Pavillon«, Band 5
Taschenbuch-ISBN: 978-3-68975-004-6
eBook-ISBN: 978-3-68975-005-3

Klarant Verlag

Lernen Sie die Ostfrieslandkrimi-Titel des Klarant Verlages kennen und besuchen Sie uns im Internet unter:

www.ostfrieslandkrimi.de

und

www.klarant.de

Sie können dort Näheres über unsere Autoren erfahren, viele weitere interessante Bücher und eBooks finden und Leseproben herunterladen. Mit dem kostenlosen Newsletter erhalten Sie aktuelle Informationen rund um das Verlagsprogramm, wie beispielsweise spannende Neuerscheinungen und Gewinnspiele.